KB021856

매직
아일랜드
MAGIC ISLAND

매직 아일랜드

❸ 마법섬

1판 인쇄 • 2005년 4월 10일
1판 발행 • 2005년 4월 15일

지은이 • 이사라
펴낸이 • 이종천
펴낸곳 • 오늘
등록일 • 1980년 5월 8일, 제10-104호
주소 • 서울시 마포구 도화동 340번지
전화번호 • 719-2811(대)
팩스 • 712-7392
http://www.oneul.co.kr
Email : oneull@netsgo.com

ISBN 89-355-0424-6 04810
ISBN 89-355-0390-8 (세트)

매직 아일랜드

MAGIC ISLAND

❸ 마법섬

이사라 지음

오늘

「매직 아일랜드는 세계지도나 지구본을 눈 씻고 찾아봐도 표시되어 있지 않은 마법사와 마녀들의 섬이다. 혹시 여행을 하다가 풍랑에 휩쓸려 이 섬을 발견한다 해도 절대 들어가지 않는 것이 좋다. 이곳은 매우 위험하고, 또 들어간다 해도 마법을 모르는 평범한 사람들은 추방 마법에 걸려서 바닷물에 풍덩 빠져 상어밥이 될 수 있으니까.」

· **주인공들**

· *시비어 플루프*

–붉은 머리의 활달한 소녀. 14살이고 Red의 수호인이다. 불의 속성을 가졌다.

· *데이피 듀보어*

–붉은 머리에 키가 매우 큰 소년. 14살이고 Orange의 수호인이다. 플럭과 사촌간이며, 매우 친하다. 동물의 속성을 가졌다.

· *위시드 이든*

–금발머리의 낙천적인 성격을 가진 소녀. 14살이고 Yellow의 수호인이다. 빛의 속성을 가졌다.

· *플럭 듀보어*

–갈색 머리에 키가 큰 소년. 14살이고 Green의 수호인이다. 데이피와 사촌간이며, 매우 친하다. 식물의 속성을 가졌다.

· *프랭크 페커드*

–검은 머리에 안경을 낀 똑똑한 소년. 15살이고 Blue의 수호인이다. 물과 얼음의 속성을 가졌다.

· *필리코니스 브룩*

–침착한 성격의 점잖은 소년. 15살이고 Dark Blue의 수호인이다. 어둠의 속성을 가졌다.

· *바이올렛 카글리아*

–감수성이 풍부한 소녀. 13살로 가장 나이가 적고 이름과 같은 Violet의 수호인이다. 꿈과 최면의 속성을 가졌다.

머리글

먼저 하나님께 감사드립니다.

1권을 준비하던 2002년 겨울은 눈이 참 많이 왔었던 걸로 기억합니다. 창밖에 소복이 쌓인 눈부시게 하얀 눈을 바라보며 설렘과 긴장 그리고 두근거리는 마음으로 글쓰는 일을 시작했었습니다. 구상을 한답시고 학교에서든 바깥에서든 틈날 때면 골똘히 생각에 빠져 있는 초등생 여자애의 모습이 마치 오래된 사진첩에 끼워진 흑백 사진처럼 흐릿하게 떠오릅니다.

그때 가졌던 굉장한 기분을 지금까지 간직할 수 있어서 다행입니다. 돌이켜 보면, 두 권의 책이 저에게 많은 것을 가르쳐준 것 같아서 참 행운이라는 생각을 하곤 합니다.

3권의 출간을 기다리며 한편으로 마음이 무거운 것은 독자분들과의 약속을 지키지 못해서입니다. 한 달, 두 달 미뤄지던 계획이 1년, 2년까지 크게 어긋나 버리면서 엄청난 무게감에 짓눌리게 되었고, 결국 포기하려고도 생각했던 적이 있었습니다. 급브레이크를 밟아 정체시킨 자동차처럼 좀처럼 다시 움직일 수가 없어서 자책감에 시달리기도 했습니다.

하지만 그런 시절은 빠르게 지나가고, 한때는 불가능하다고 생각했던 세번째 책이 마침내 나오게 되었습니다. 늦어진 것을 만회하기 위해 좀더 노력하고, 좀더 마음을 담아 글을 썼습니다. 첫 페이지를 채워나갈 때 느꼈던 반짝반짝한 기분을 떠올리면서 말이에요. 책을 읽어주시는 독자 분들께서 마지막 책장을 덮을 때 제가 느꼈던 기분을 가질 수 있다면 더 바랄 게 없을 것 같습니다.

물론, 아름다운 세계를 펼쳐나가고 매혹적인 인물들을 창조해내는 데에 미숙하고 많이 배워야 할 저이지만, 100%의 만족을 원하거나 완벽을 얻기 위해 욕심을 부렸던 게 아니기 때문에 3권이 가진 나름대로의 매력을 발견해 주셨으면 하는 바람입니다.

저는 지금 매우 행복합니다. 눈앞에서 잡힐 듯 말 듯 날아다니는 '꿈'을 덥석 낚아챈 것만 같은 기분에 들뜬 마음이 좀처럼 가라앉지 않습니다. 앞으로 제가 얼마나 많은 꿈들을 가질지는 모르지만, 조각난 이야기들을 모아 정교하고 촘촘하게 기워나갔던 경험은 제게 큰 기쁨으로 남게 될 것입니다. 앞으로도 계속 변함없는 자세로 이런 경험들을 가질 수 있었으면 좋겠다고 생각합니다. 그리고 제게 자극제와 좋은 약이 되어준 많은 주변 분들의 훌륭한 모습들을 간직하면서 그것들을 발전의 계기로 삼도록 노력하겠습니다.

마지막으로, 활자화 되어 생명을 얻은 마법섬의 크고 작은 이야기들이 글을 읽는 여러분들의 가슴 속에서 살아 숨쉴 수 있기를 소망합니다.

2005년 4월 이사라

차례

· 지금까지 사용한 주문

◇ 맥크넛 – 잠금 해제하기
◇ 스퀴드넥스 – 소환하기
◇ 루비듀모스 – 불꽃 만들기
◇ 오르네시아 – 물 역류시키기
◇ 크리티피 – 깨우기
◇ 리크리티피 – 재우기
◇ 라이츠 – 번개 날리기
◇ 애니멀로우 – 동물과 말하기
◇ 리오그린 – 잎 날리기
◇ 키바팅카 – 물방울 만들기
◇ 마이와이 – 기억 없애기
◇ 네피어루 – 검은 나방 공격하기
◇ 스프링크 – 파리떼 공격하기
◇ 파이클 – 불씨 공격하기
◇ 아메티즈 – 어둠의 회오리 만들기
◇ 잘로우 – 독벌 날리기
◇ 악튜린스크 – 어두운 색의 연기 만들기
◇ 디만토이드 – 웃음 약 먹은 사람 치료하기
◇ 메키돔스 나프네크 메키돔스 – 방어막 만들기
◇ 다크헬러 – 어둠 형상화하기
◇ 블루디헬러 – 다크헬러의 다른 타입
◇ 스토믹 – 불기둥 만들기
◇ 테포테포 – 공중 부양하기
◇ 자컷 – 절단하기
◇ 후키부키 – 빗자루 조정하기
◇ 유레카 – 충격 주기
◇ 썬더맥스 – 우레 공격하기
◇ 구르르로 – 작은 비구름 만들기
◇ 나이니어르 – 달려나가는 번개 만들기
◇ 에르나이리 – 환상 만들기

22

쪼개진 인어마을

1

"덧붙여 말하지만, 속력을 낸다면 희망이 아주 없지는 않아요."

수호인들은 실로 한참 만에 입을 연 늙은 인어의 푸른 눈에서 일말의 확신조차 엿볼 수 없었으나 모두 그의 말에 바짝 귀를 기울였다. 바이올렛만이 위독한 환자들에게서 심드렁하게 돌아앉은 가운데 포세이돈이 말을 이었다.

"프쉬케, 바람보다 빠르고 저 데칸 사막의 바위보다 더 고요한……."

침을 꼴깍 삼키는 소리가 크게 들리자 플럭은 얼굴을 살짝 붉혔다. 모두 포세이돈이 다음 말을 이어주기를 바라는 눈치였다. 하지만 그는 벌떡 일어나 문으로 성큼성큼 걸어가더니 뒤를 돌아보며 따라오라는 듯 까딱까딱 손짓을 했다. 수호인들은 그를 뒤따르는 것을 망설였다. 위독한 상태로 누워 있는 프랭크와 데이피는 수호인들에게 의무감이나 사명감을 안겨 주었는데,

한편으로는 한 마디로 단정 지을 수 없는 막연한 공포감이 가슴을 짓누르는 듯하여 답답함을 금할 수 없었다.

"지금 무슨 생각 하시는지 다 압니다."

포세이돈의 격앙된 목소리는 잠깐 끊긴 후 다시 이어졌다.

"정류장에 가면 모두를 태울 만큼의 적지 않은 프쉬케들이 기다리고 있지만, 굳이 다같이 가는 것이 능사가 아니라는 생각도 들어요. 한 분이라도 저와 동행해 주시면 두세 배 일은 빨라지겠지요. 아, 물론 약간의 용기가 필요하겠지만 어려운 건 아니잖습니까."

포세이돈이 그들과 천천히 눈을 마주치며 눈짓을 했으나 다시 정적이 흘렀다.

"다시 한 번 말하지만, 어려운 일이 아닙니다. 동료를 구하는 데에 주저함이 없어야 할 수호인들께서 왜 그리 머뭇거리시는지요."

포세이돈은 수호인들을 둘러보면서 단어 하나하나에 힘을 주어가며 말했다. 창가 쪽으로 돌아앉은 위시드는 신경질적으로 손톱을 물어뜯고 있었는데, 그 모습을 텅 빈 눈동자로 바라보던 바이올렛은 모기만한 목소리를 쥐어짜 늙은 인어에게 물었다.

"프쉬케라면— 일종의 운송수단을 말하는 건가요?"

그녀의 질문으로 갑자기 방 안의 분위기가 환기되었다.

"이해가 빠른 아가씨군요. 맞습니다, 운송수단."

"구체적으로 어떤……."

"때로는 백 마디 말보다 직접 보는 것이 효과가 있는 법이죠.

정류장까지 함께 가십시다."

포세이돈의 재촉하는 말투에 바이올렛은 움찔했다. 그녀는 굳게 닫힌, 크진 않지만 지나친 화려함에 압도될 것 같은 대리석 문을 응시한 채 굳게 입을 다물었다.

"시간이 없어요. 이대로 포기할 셈인가요?"

포세이돈의 목소리에서 약간의 떨림이 묻어 나왔지만 수호인들은 묵묵부답인 채 포세이돈과 눈도 마주치려 하지 않았다. 그때 바이올렛이 손을 번쩍 들었다. 그녀의 다소 과장된 몸짓에 모두가 그녀를 주목했다. 그녀는 달콤한 꿈에 취해 있는 사람처럼 들릴락말락하면서도 젖어드는 목소리로 말했다.

"제가 가겠어요."

그리고는 느린 동작으로 의자에서 몸을 일으켜 세운 후 포세이돈에게 다가가 자신의 창백하고 길쭉한 손을 건넸다. 포세이돈은 솥뚜껑만한 투박한 손으로 그녀의 손을 쥐고 다른 손으로 문을 활짝 열었다. 순식간에 잔잔한 물결소리, 아직 아무 것도 모르는 어린 인어들의 천진난만한 웃음소리가 들렸다. 포세이돈의 힘찬 도움닫기로 그와 그의 손에 붙들린 바이올렛은 이미 저만치나 멀리 헤엄쳐 가고 있었다. 남겨진 수호인들은 맥이 풀린 기분이었다. 서서 안절부절못하던 플럭은 다리에 힘이 쭉 빠지는지 바이올렛이 앉았던 자리에 풀썩 주저앉으며 말했다.

"도저히 한 발자국도 움직일 수 없었어."

시비어는 그의 말을 건성으로 흘려들으며 위시드에게 말했다.

"아까 들었어?"

"뭘?"

위시드가 이미 다 해진 손톱을 계속해서 물어뜯으며 신경질적으로 되물었다.

"난 항상 부족한 꿈을 꾸지. 하지만 내 꿈이 이제부터 맞아갈지도 몰라. 그게 우리에게 있어서 고통일지라도……."

이어진 시비어의 말에 위시드는 날카롭게 외쳤다.

"너 잠 덜 깼니?"

"바이올렛이 한 말이야. 아까 손을 번쩍 들기 직전에……."

그렇게 말한 시비어는 굉장히 흥분되어 있었는데, 위시드는 이미 프랭크에게 눈을 돌린 상태였다.

"플럭, 도대체 그애가 무슨 뜻으로 그런 말을 했을까?"

시비어는 플럭에게 다급히 물었으나 그는 어깨를 가볍게 으쓱할 뿐이었다.

병상에 누워 있는 프랭크와 데이피는 곧 끊길 것 같은 불안한 숨을 이어가고 있었다. 프랭크의 손이 움찔거릴 때마다 위시드는 깜짝깜짝 놀랐고, 시비어는 뭔가를 골똘히 생각하면서 방 안을 왔다갔다했다.

그 무렵 바이올렛과 포세이돈은 순식간에 정류장에 도착했다. 바이올렛이 중간에 기운이 빠져 한 번 쉬었던 것 빼고는 포세이돈이 쉬지 않고 헤엄을 친 덕분이었다. 정류장에 도착할 때까지 헤엄을 치면서 둘은 많은 대화를 나누었다.

"카글리아 양, 걱정은 붙들어 둬요. 프쉬케는 빗자루보다 빠르고 새보다 안전하죠."

"예. 그런데 프쉬케는 동물인가요?"

"이 섬에서 꽤 귀하게 취급받는 오래된 동물입니다. 흑나비죠."

"나비요? 그렇다면 상당히 커야겠는데요. 잠깐만요, 너무 숨차서 잠깐 쉬어야겠어요."

다시 힘차게 헤엄을 치며 두 사람의 대화는 계속되었다. 포세이돈은 한 번 더 프쉬케를 대화의 화두로 삼았다.

"프쉬케들이 살고 있는 정류장은 이렇습니다. 정류장의 그 새하얌을 눈이 빨간 백여우의 털에 비교하면 적당할까요? 어디에 비할 곳이 없을 만큼 새하얗고 커다란 바위에 맹수가 할퀸 자국과도 같은 날카롭고 깊은 구멍이 아홉 개 있습니다. 나비의 번데기가(더군다나 아홉 개가) 어떻게 이 마을에 들어왔는지는 아직까지도 미스터리지만 갑작스런 흑나비들의 생장과 출현은 우리 마을에 경사라고 할 수 있었죠."

"신기하군요. 그렇다면 정류장은 말하자면 프쉬케의……."

"서식지입니다."

포세이돈에게 말을 빼앗긴 바이올렛은 떨떠름한 표정으로 고개를 끄덕였다.

"프쉬케들이 인어에게 딱히 어떤 도움을 주나요?"

바이올렛이 묻자 포세이돈은 말없이 손가락으로 동북 방향을 가리켰다. 그곳에는 정류장이 있었다. 정류장이 발하는 광채가 너무 눈부셨기 때문에 바이올렛은 눈을 찌푸릴 수밖에 없었다.

"우리들도 때론 물이 지겨울 때가 있습니다."

포세이돈이 정류장을 가리켰던 손을 거두면서 말했다. 바이올렛은 여전히 눈꺼풀을 주체하지 못하고 물갈퀴만 바쁘게 놀렸다. 포세이돈은 그녀를 유유히 이끌어 주면서 말을 이었다.

"물의 기운을 가지고 있으면서 높고 빠르게 날 수 있고, 안전하면서 위험에서 보호할 수 있는 공격적인 모습까지 가지고 있는 프쉬케들은 우리가 바깥세상과 함께 할 수 있는 유일한 소통기관이었죠. 오랜 시간 동안 한결같이 말입니다."

"그렇다면 프쉬케는 인어에게 소중한 존재겠군요."

"카글리아 양의 말을 들으니 과연 그렇군요. 하지만 이렇게 완벽한 곳에서 그토록 무서운 것들이 생길 줄을 누가 알았겠습니까?"

"무서운 것들이라뇨?"

"흘려 들으십시오."

바이올렛의 말에 답하는 포세이돈의 입가엔 장난기어린 미소가 흘렀다. 바이올렛은 그를 수상한 눈초리로 바라보며 단호한 어조로 물었다.

"뭐가 그리 우습죠?"

두 사람 사이에 기묘한 기류가 흐를 무렵 그들은 정류장 앞에 다다랐는데, 바이올렛은 믿을 수 없는 처참한 광경에 소리를 지르고 말았다. 정류장이라 부르는 그 바위의 구멍은 텅 비어 있었고 대신 사지가 찢긴 프쉬케(아홉 마리의 흑나비)들이 바위 주변의 모래바닥을 가득 메우고 있었다. 우박이나 태풍 따위에 호되게 두들겨 맞은 모양새로 널브러진 프쉬케의 조각들을 본 그녀는 아찔함을 느꼈다. 흑단처럼 검고 무시무시하게 큰 날개의 조각들은 오묘한 색의 빛을 발하며 물결에 살랑살랑 흔들렸다. 그 모습에 바이올렛은 왠지 모를 심한 역겨움을 느꼈고, 잽싸게 포세이돈의 커다란 등뒤로 숨어 버렸다. 늙은 인어는 자신의 울퉁불퉁한 팔에 힘줄이 튀어나올 정도로 힘을 주었다. 그는 꿈틀거리는 입술을 움직이며 말을 토해냈다.

"아레스! 대체 무슨 짓을 한 게냐!"

늙은 인어의 쩌렁쩌렁한 목소리가 정류장에 울려 퍼졌지만 아무런 대답이 없었고, 단지 그 목소리의 떨림으로 인해 죽은 프쉬케의 잔해가 물 위로 천천히 떠오를 뿐이었다.

"어서 나오지 못해!"

포세이돈은 급기야 삼지창을 모래바닥에 내려꽂으며 언성을 높였다. 모래들이 뿌옇게 일어나자 그 속에 숨어 있던 작은 물고기들이 허둥지둥 밖으로 튀어나왔다. 바이올렛은 그 순간 포세이돈을 확 밀치고는 동료들이 있는 곳을 향해 발에 달린 물갈퀴를 빠르게 놀려 헤엄쳐 갔다. 포세이돈은 황급히 달아나는 그녀의 뒷모습을 뚫어져라 바라볼 뿐이었다. 대신 그는 주먹만한 프쉬케의 찢어진 날개 조각을 집어들어 고개를 갸우뚱하고 바라보다가 다시 바닥에 떨어뜨린 후 황소 같은 자신의 발로 그것을 짓밟았다. 그리고는 동생의 이름을 다시 불렀다.

"아레스! 이제 나와도 된다."

포세이돈의 말이 끝나자마자 그를 꼭 닮은, 아니 조금 더 완고해 보이는 잿빛 머리칼을 가진 인어가 바위 뒤에서 천천히 걸어나와 모습을 드러냈다.

"형, 자꾸 동생을 악역으로 몰아가면 어떡해."

포세이돈은 동생의 투정에 아무런 대꾸도 하지 않더니 호탕하게 웃기 시작했다. 그의 웃음소리가 주체할 수 없을 정도로 커지자 아레스는 한심하다는 눈초리로 물었다.

"실성한 사람처럼 왜 그래?"

"하하하, 다 알면서 모르는 척하는 저 아이가 너무 우습잖니."

포세이돈의 호탕한 목소리는 정류장에 왕왕 울렸고 아레스는 여전히 어리둥절한 표정이었다.

2

정류장에서부터 포세이돈의 집으로 다시 거슬러오는 길을 기억하기엔 바이올렛의 기억력이 따라주질 않았다. 그녀는 몇 번의 시행착오 끝에 겨우 포세이돈의 집에 도착했다. 죽을힘을 다해 헤엄치는 바람에 녹초가 된 그녀는 낑낑대며 문을 열었다. 그녀가 집안으로 한 발자국 내딛은 순간 시비어가 집안 깊숙한 곳에서 달려나와 그녀를 와락 껴안으며 말했다.

"안 그래도 지금 데리러 가려던 참이었어. 필리코니스 덕분에 프랭크랑 데이피가 겨우 살아났거든. 잘됐지 뭐야."

바이올렛은 조심스럽게 시비어의 팔을 떼어낸 후 그녀에게 물었다.

"어떻게 된 거야? 자세히 좀 말해 줘."

바이올렛의 물음에 시비어는 빙그레 미소로만 답하고는 그녀를 데리고 나머지 수호인들이 있는 방으로 향했다. 바이올렛은 방문을 열자마자 환하게 웃고 있는 프랭크와 데이피의 얼굴을 보고는 소스라치게 놀랐다. 데이피는 침대에 걸터앉은 채로 그녀에게 손을 흔들어 보이며 말했다.

"우리 이제 괜찮아. 필리코니스가 해독제를 갖고 있던 덕분에 살았어."

데이피의 말을 필리코니스가 이었다.

"그때 엘프마을에서 받았던 해독제 기억나?"

바이올렛은 고개를 끄덕였다. 투명한 유리병 안에서 찰랑거리며 빛나던 푸른 액체가 주는 평온함을 그녀는 떠올렸다.

"몸에 난 이상한 색들의 반점들이 어찌나 커졌었는지 직접 보지 않고서야 그 끔찍한 모습을 떠올릴 수 없지. 또 식은땀을 한 바가지씩이나 흘려서 침대 시트가 다 젖기도 하고……. 아, 그땐 너희들이 죽는구나 싶더라니까."

플럭은 그 긴박했던 상황을 설명하고자 애쓰는 것 같았다.

"그래서 난 초조하게 왔다갔다하면서 궁리했지. 어떻게 해야 할까 하고. 그런데 영 뾰족한 수가 떠오르지 않는 거야. 당장이라도 뛰쳐나가서 약을 가져오고 싶은 마음은 굴뚝같았지만, 괜히 무서워서……."

플럭은 멋쩍게 웃더니 다시 말을 이었다.

"하지만 필리코니스가 용케 기억해 내서 이렇게 다시 우리랑 함께 할 수 있게 됐잖아."

점점 더 흥분하며 목에 핏대를 세우는 그의 모습을 빤히 바라보던 프랭크는 그의 말허리를 잘랐다.

"바이올렛, 해독제 가지러 그곳으로 가겠다고 자원했었다며. 고마워."

얼굴이 반쪽이 된 프랭크는 아직 혈색이 돌아오지 않은 탓에 창백했다. 눈밑이 퀭한 채로 흡사 기를 다 빼앗긴 사람처럼 침대에 기대어 있는 모습이 동정심을 불러일으켰다.

"꼭 내가 가야 했었거든."

바이올렛은 그의 옆으로 다가앉으며 말했다. 그때 삐걱- 하는 문소리에 놀라 모두 문으로 시선을 가져갔다. 문 틈 사이로 포세이돈이 모습을 드러냈다. 반갑게 그를 맞는 수호인들 중 유독 바이올렛만이 증오인지 분노인지 구별하기 힘든, 뭔가 사로잡힌 듯한 눈초리로 그를 바라보았다. 그녀의 회색 눈동자는 한 치의 떨림도 없이 포세이돈을 향해 있었다.

포세이돈은 그 시선을 눈치 채지 못했을 리 없었음에도 누구에게도 속마음을 비칠 수 없다는 다짐이라도 한 것처럼 얼굴색 하나 바꾸지 않고 서 있었다. 심지어 속없게 인사를 꾸벅 하며 축하의 말을 기다리는 데이피에게도 입 꼬리를 슬쩍 올릴 뿐이었다. 데이피는 그의 반응에 개의치 않고 폭발하는 듯한 특유의 목소리로 포세이돈을 반겼다. 그의 통통한 얼굴엔 건강을 되찾은 사람의 자부심이 담긴 미소가 가득했다.

"걱정 끼쳐드려서 죄송했습니다. 필리코니스가 엘프마을에서 받아 왔던 해독제를 생각해내 준 덕분에 이렇게 살았어요."

그러나 포세이돈은 대답이 없었다. 다시 쿵- 하는 소리와 함께 문은 닫혔고, 포세이돈은 바람처럼 순식간에 사라졌다.

의아해하는 수호인들을 뒤로 한 채 그는 바삐 헤엄쳐 아레스의 집을 방문했다. 아레스의 집 주변에는 인적이 드물었다. 그 까닭은 그가 풀어놓은 사나운 이를 가진 곰치들 때문이기도 했고, 그의 평판이 썩 좋지 않다는 사실도 큰 작용을 했다. 포세이돈은 굳게 잠긴 문을 삼지창으로 손쉽게 따버린 후 어두운 복도를 유유히 미끄러져 들어갔다. 그는 빠른 속도로 부엌까지 들어가 식탁 위에 올려져 있는 새우 한 접시를 통째로 입에 쓸어 넣고 우물거렸다.

"여기까지 어쩐 일이야."

"아이고 깜짝이야. 그렇게 소리 없이 다니는 버릇 좀 고쳐!"

갑자기 튀어나온 동생 때문에 포세이돈은 화들짝 놀랐다. 그는 동생을 가볍게 나무란 후 용건을 말하기 위해 삼지창을 휘둘러 거실 곳곳에 불을 밝혔다.

"용건부터 말할게. 그 여자가 일을 망쳐놨어."

"무슨 소리야?"

"루리아 알지? 지금은 엘프마을 최고 책임자 자리에 앉아 있는 앙큼한 계집애."

아레스의 눈동자가 불안하게 흔들렸다. 그는 초조함이 밀려오는지 불안한 자세로 꼬리지느러미를 천천히 흔들었다. 포세이돈은 그의 어깨에 손을 얹으며 말을 이었다.

"그 여자가 우리랑 무슨 악연이 있긴 있나 보다."

"형, 설마 그 여자가 해독제를 미리 줬다든지 해서 일이 수포로 돌아갔다, 뭐 그런 말을 하려는 건 아니겠지?"

포세이돈은 동생의 추측에 웃음을 터뜨렸다가 이내 정색을 하고 말했다.

"어쩌면 좋으냐. 네가 말한 그대로 돼버렸다."

포세이돈의 말이 끝나자마자 아레스의 얼굴은 흉하게 일그러졌다. 포세이돈은 그를 측은한 눈초리로 바라보며 말했다.

"해독제가 원래 그애들 손에 들어 있었어. 거의 숨이 끊길 지경까지 갔던 그 두 놈이 해독제를 홀랑 마시고 기운을 차렸더라구. 그러게 내가 그 여자부터 단속하라고 했잖아."

"이런 식으로 찬물을 끼얹을 줄은 꿈에도 몰랐지."

"그 여자는 항상 우리 계획을 망가뜨렸어. 간부회의 때부터 지금까지 사사건건 말이야."

"하여간 다 된 죽에 코 빠뜨린 격이군."

"대신 프쉬케들을 해치웠잖아. 그 골칫덩이들이 없어진 것만으로도 한시름 놓은 셈이야."

"맞아. 비팀이 경솔했지. 우리에게 프쉬케를 맡겼다는 자체가 이제 그 늙은이들이 한물 갔다는 증거 아니겠어? 그건 그렇고 이제 어쩔 셈이야? 어리긴 해도 저애들은 영악해. 다섯 명을 상대하기도 벅찬 마당에 두 명이 보태져서 원래대로 일곱 명이 돼버렸잖아."

"어리석은 동생아, 우리에게 옛 동지들이 있다는 걸 벌써 잊은 모양이구나."

포세이돈이 손으로 딱 소리를 내자 그의 뒤로 비늘이 듬성듬

성 빠진 까만 꼬리를 가진 인어 일곱 마리가 모습을 드러냈다. 아레스는 반가운 기색으로 그들에게 악수를 건넸고, 꼬리를 유유히 흔들고 있던 인어들은 누런 이빨을 드러내며 기분 나쁜 웃음소리를 흘렸다.

3

바이올렛은 포세이돈이 나가자마자 손바닥으로 탁자를 부서뜨릴 기세로 내려쳤다. 그녀는 한참 동안 수호인들을 슬픈 표정으로 바라보면서 침묵을 지켰다. 그녀를 제외한 수호인들은 가라앉은 분위기에 압도당했는지 꿀 먹은 벙어리처럼 입을 다물고 있었다. 모두 바이올렛이 무슨 말이라도 해주길 바라는 눈치였다. 시비어가 못 견디겠다는 듯이 그녀를 재촉하자 바이올렛은 맞잡은 두 손을 꼼지락거리며 주눅 든 얼굴로 주변을 조심스레 살폈다.

"나 지금 엄청 긴장되니까 무슨 일인지 빨리 말해 줘."

시비어가 다시 재촉하자 바이올렛은 결국 모든 사실을 털어놓기 시작했다.

"먼저, 내가 갖고 있는 조금은 귀찮은 능력에 대해서 너희들에게 알리고 이야기를 시작할게. 귀찮지만 버릴 수 없고, 또 무시하지 못하지만 그렇다고 해서 드러낼 수도 없는 이 골칫덩이 같은 재능을 버리고자 무던히 노력했던 때가 벌써 몇 년 전인지 몰라."

"서론이 너무 길어."

필리코니스는 시큰둥하게 말허리를 잘랐다.

"재촉하지 마. 재촉한다고 해서 해결될 일이라면 애초에 이런 얘기 꺼내지도 않았어. 그렇게 궁금하다면 아예 한꺼번에 말해 버릴 수도 있어. 괜찮아?"

"괜찮고말고."

그렇게 말하는 위시드는 전혀 괜찮지 않은 얼굴이었다. 바이올렛은 깊은 숨을 내쉬고는 이야기를 풀어나갔다.

"난 남들보다 조금 더 빨리 미래를 알 수 있어. 그것도 자는 시간 동안, 아니 꿈을 꾸는 그 얕은 수면 시간 동안 나는 미래에 일어날 내 주변의 일들을 마치 연속 필름과 같은 형태로 보고 느낄 수 있지. 이를테면……."

"이를테면?"

시비어가 재촉하자 바이올렛은 "자, 봐."라고 말하며 소매를 걷어붙이고는 자신의 팔뚝을 들이댔다.

"내가 살던 동네가 화재에 휩싸여 모조리 불에 탈 뻔했을 때 나는 그 전날 꿈 속에서 같은 장면을 목격하고 화상까지 입었어."

그녀의 팔에는 불에 지진 듯한 자국이 있었다. 새카만 흉터를 본 프랭크는 의심스러운 목소리로 외쳤다.

"거짓말! 믿을 수 없어!"

"내가 뭣하러 이런 거짓말을 하겠니!"

바이올렛은 벌떡 일어나며 목청을 높였다. 그러자 프랭크는 그녀의 기세에 눌리는지 아무 말도 하지 못했다.

"흥분하지 말고 침착하게 하던 얘기 마저 해줘."

플럭이 그녀를 차분히 달래자 그녀는 곧 평온함을 되찾았다.

"화재 사건을 또렷이 보여줬던 꿈 덕분에 나는 마을이 잿더미가 되는 비극을 막을 수 있었고, 사람들에게 점점 영적인 존재로 각인되기 시작됐지. 나 역시 처음에는 그걸 즐겼어. 누군가에게 도움을 줄 수 있다는 사실만으로도 벅찬 기분이 들었을 뿐더러 어린 소녀의 허영심이란 게 원래 엄청난 거잖아. 하지만 실로 순식간에 마을 사람들이 내게 걸었던 기대는 보기 좋게 무너져 내렸지. 화재사건을 예측했던 그날 이후로 꾸었던 3년간의 꿈들은 마치 퍼즐 조각처럼 사건의 일부분을 보여주거나 아니면 촉각이나 후각으로 나타났던 경우가 대부분이었기 때문에 내 능력을 사용하는 것은 마치 깨진 조각들을 온전히 맞추는 일처럼 비효율적이었던 거야."

바이올렛은 무서운 속도로 말을 토해냈다. 그녀는 숨을 돌린 후 다시 자신의 얘기에 열중했다.

"결국에는 아무것도 예측할 수 없게 돼버렸지. 나는 사람들의 관심사에서 멀어져 갔고, 내가 다시 평범한 소녀의 모습으로 돌아오기까지는 그리 많은 시간이 걸리지 않았어. 다만 내 재능이 그저 일시적인 착란 증세였을지도 모른다는 생각이 들자 우울함과 허탈함이 한꺼번에 밀려와서 한동안 잠을 못 이뤘던 게 후유증이라면 후유증이었을 거야. 그런데 재작년 꼭 이맘 때, 할머니께서 불면증에 시달리던 나에게 선물을 하나 주셨어."

"선물?"

데이피가 물었다.

"응, 할머니께서 주신 선물은 겉보기엔 평범했지. 자개로 만든 작고 네모난 상자와 그 안에 들어 있던 우윳빛의 동그란 알약 다섯 알이 전부였어. 하지만 다음날 아침 할머니로부터 선물의 정체를 듣게 된 나는 뛸 듯이 기뻤는데, 그 다섯 개의 알약들은 바로 내 꿈의 조각들을 모아 완전한 예지몽이 되게 해주는 약이었던 거야. 너희들은 몰랐던 사실이지만 할머니는 요술을 부리는 분이셨어. 난 그게 끔찍이도 싫었었지."

바이올렛은 회상에 젖은 눈빛으로 자신의 발끝을 뚫어져라 응시했다. 플럭은 더 기다릴 수 없다는 듯 재촉했다.

"그 선물 덕분에 나는 다시 많은 사람들을 도울 수 있었지. 하지만 그런 선행을 베푸는 일은 오래가지 못했어. 너희들 말이야. 불안할 정도로 일이 술술 풀리다가 막다른 길에 다다른 기분을 느껴본 적 있니? 꽃이 흐드러지게 필 즈음 하필 벌레가 꼬이는 것처럼……. 그때 난 절실히 깨달았어. 꽃을 좀먹는 벌레와 같은 추한 일은 급작스럽게 찾아온다는 걸 말이야."

"무슨 일이 있었던 거야?"

수호인들의 호기심은 극에 달했다.

"깊은 밤중에 일어난 일이었어. 피터라는 청년이 푸줏간 주인을 살해했고, 그 청년은 다른 도시로 도망쳤다는 소문이 들렸지. 그 사건은 내가 살던 조용한 동네에 큰 파장을 불러일으켰어. 하지만 끔찍한 범죄를 저지른 건 그 청년인데 화살은 엉뚱하게도 내게 돌아왔지."

"어째서?"

"내가 그 살인사건을 꿈을 통해 미리 알고 있었는데도 일부러 마을에 알리지 않았다는 거야."

"그런 억지가 있나!"

데이피는 분통을 터뜨렸다. 바이올렛은 이제는 귓가에서 앵앵대는 모기 소리보다 작은 목소리로 말을 이었다.

"잔인함은 불신에서 비롯되지. 미망인이 된 푸줏간 주인의 아내는 내가 그 청년을 감싸기 위해 일부러 꿈을 숨겼던 거라며 나를 모함했어. 그 소문은 꼬리에 꼬리를 물고 빠르게 퍼져나갔고, 마을 곳곳에 나를 추방하라는 벽보가 나붙었지. 마을의 영웅에서 순식간에 살인자의 공범으로 낙인찍히고 만 거야. 정말 순식간에 벌어진 일이었어."

"너무해."

여자 아이들은 바이올렛이 안쓰러워 몸 둘 바를 몰라했다.

"내 심정은 말이 아니었어. 할머니의 선물을 버린 것도 바로 그때의 일이야."

"할머니께서 주신 그 상자를 버렸니?"

"그때 제일 원망스러웠던 건 내 능력이었지만, 버리려 한다고 해서 버릴 수 있는 것이 아니잖아. 그래서 상자를 바다에 던져버렸어. 다시는 내 손에 들어오는 일이 없도록 말이야."

"그랬구나. 그런 사정이 있는 줄은 꿈에도 몰랐어."

조심스럽게 입을 뗀 시비어의 속마음은 사실 그녀가 말한 바와 달랐다. 그녀는 바이올렛이 사연이 많은 아이일 것이라고 줄곧 생각해 왔기 때문이다. 수호인들의 머리 속에 많은 생각이 교차하고 있을 때 바이올렛은 마른 입술을 질끈 깨문 후 말을 이었다.

"나는 어렴풋이 알고 있었어. 프랭크와 데이피가 곤경에 빠질 거란 사실을. 엄청난 위험에 놓일 것이라는 사실을 말이야. 그리고 우리가 프랭크와 데이피를 그 곤경에서 구하기 위해 어떤 방법을 써야 하는지도……."

바이올렛이 잠깐 이야기를 멈추자 프랭크가 골치 아픈 표정으로 물었다.

"그러니까 네 말은 우리가 붉은 해초를 먹고 죽을 위기에 처하게 된다는 것과 해독제를 사용하면 살 수 있다는 것을 넌 꿈을 통해 미리 알고 있었다는 얘기지?"

"그래. 하지만 그때는 꿈이 명확하지 않아서 확신이 없었기 때문에 나설 수 없었어. 어쨌든 내 얘기를 끊지 말고 집중해서 들어 봐."

그녀는 다시 자신의 이야기에 몰두했다.

"내가 해독제 생각을 잠시 접어뒀었던 이유는 그때 내 머리 속에 프랭크와 데이피의 죽음보다 더 큰 위기에 대한 생각으로 가득했기 때문이야."

"무슨 소리야? 위기라니!"

그녀의 말허리를 자른 것은 필리코니스였다. 그러나 바이올렛은 그의 말에 대답하지 않고, 탁자 앞에 선 자세로 포세이돈의 집 내부를 천천히 둘러보더니 어이없는 웃음을 터뜨리기 시작했다. 시비어는 바이올렛의 가녀린 몸을 붙잡고 흔들며 소리쳤다.

"어서 네가 얘기하려고 했던 걸 말해 봐!"

바이올렛은 시비어의 손을 거칠게 떼어내며 자신이 품고 있던 비밀 상자의 마지막 뚜껑을 열었다.

"우린 여기서 못 나가. 여기서 다 죽게 될 거야."

"어째서!"

필리코니스가 무섭게 내뱉자 수호인들은 꽁꽁 박음질해 놨던 입이 터진 사람처럼 쉼 없이 바이올렛에게 질문을 퍼부었다. 바이올렛은 여전히 입술을 꽉 깨문 채로 수호인들의 질문 공격을 견뎌내다가 다시 탁자를 내리치며 소리를 질렀다.

"왜인지 가르쳐 줄까! 그래, 어차피 다 끝난 거 숨겨 봤자 뭐하겠니. 내가 포세이돈과 함께 갔던 곳은 프쉬케라고 불리는 아홉 마리의 흑나비들이 살고 있는 곳이었어. 포세이돈은 내게 프쉬케가 자기들을 외부와 접촉할 수 있게 만들어주는 유일한 소통수단이라고 소개하더군. 하지만 너희들은 프쉬케의 정체를 지금이라도 정확히 알아야만 해. 프쉬케는 우리를 킥워드가 있는 산까지 데려다줄 탈 것이었어. 간단히 말하자면 그 산으로 가는 직행 수단이지. 프쉬케가 없다면 우리는 킥워드의 끄나풀들이 득실거리는 그 산에 맨몸으로 뛰어들어야 해."

이 대목에서 바이올렛은 자신의 양 주먹을 꽉 움켜쥐었다. 하지만 프랭크가 재촉하는 바람에 재빨리 말을 이었다.

"그런데 프쉬케는 이미 저들 손에 처참하게 죽임 당했어. 저들이 프쉬케를 죽였다는 것은 곧 우리의 적이란 뜻이야. 알아들겠어? 우린 저들과 애초부터 서로 다른 곳을 보고 있었던 거라구. 나는 포세이돈과 아레스, 두 형제가 우리한테 어떤 짓을 할지도 꿈에서 보았어. 저들은 우리를 이 마을에서 나갈 수 없도록 마을을 봉쇄한 후 우리를 죽일 거야. 마지막으로 한 마디만 덧붙일게. 이 마을에 우리를 도울 이는 아무도 없어. 선량한 인어마을의 인어들은 밤이 되면 죽은 듯이 잠든다는 것 알지? 두 형제는 그걸 이용해서 자신들의 옛 동지들과 함께 이곳으로 우리를 죽이러 올 거야. 포세이돈 형제의 옛 동지란 킥워드를 섬겼던 자들을 말하지."

바이올렛은 한꺼번에 많은 말을 해서 지쳤는지 의자에 풀썩 주저앉았다. 그녀가 숨기고 있던 비밀이 폭로된 순간 수호인들은 지금껏 느껴보지 못했던 위기와 슬픔의 회오리에 빨려들어갔다. 그 중에서도 공격적인 반응을 보인 사람은 단연 위시드였는데, 그녀는 포세이돈의 호화로운 장식장을 거칠게 넘어뜨리며 화를 냈다. 도자기 인형같이 자그만 체구의 그녀가 내뿜는 힘은 대단했다.

"왜 항상 모두들 속이기만 하지? 왜 항상 계략, 음모 이런 것들로 우리 숨통을 조이는 거야? 너희들 생각해 봐. 이 섬에 와서 우리가 얼마나 험한 일을 당했는지 말이야. 이 섬에서 벌어지는 이익 다툼에 왜 우리가 휘말려야 하지?"

위시드의 볼은 붉게 상기되어 있었고 그녀는 씩씩거리며 분노를 삭이지 못했다. 급기야 그녀는 바닥에 주저앉아 엉엉 울었고, 덩달아 흐느끼던 시비어의 울음소리도 커져 갔다. 그들의 울음소리가 일순간에 끊긴 까닭은 바이올렛 때문이었다. 그녀는 더욱더 맥 빠진 목소리로 마지막 말을 내뱉었다.

"설마 했는데, 그래서 따라가 봤는데 이미 죽어 있더군. 아홉 마리가 산산조각 나서……. 우리도 그렇게 죽이겠다는 거겠지."

순식간에 포세이돈의 집은 슬픔, 분노와 같은 격렬한 감정이 뒤섞여 폭발 직전의 화학 물질처럼 위험한 기운들로 가득 찼다. 그들 가운데 평정심을 유지하는 사람은 아무도 없었다. 그들은 너나할 것 없이 이성을 잃은 나머지 야수처럼 돌변해 무시무시한 파괴력을 보였다. 손발을 총동원해서 모든 귀중품이며 가구를 부수고 깨뜨리고 던져서 집안을 아수라장으로 만들었다. 더구나 프랭크가 의자를 통째로 내려꽂는 바람에 수족관 하나가 부서지면서 엄청난 양의 물을 뒤집어쓰게 된 수호인들은 흠뻑 젖은 채로 주저앉아 서럽게 울기 시작했다.

하지만 그들은 이내 자신들이 경솔히 행동했다는 것을 뼈저리게 느끼게 되었다. 일순간 고요해진 분위기에 정신을 차리고 주위를 휘휘 둘러보던 그들이 발견한 것은 창문마다 다닥다닥 붙어 그들을 향해 검을 겨누고 있는 일곱 마리의 인어였다.

4

포세이돈은 수호인들이 머무는 자신의 집으로 까만 비늘의 인어들이 오도록 선동했다. 그의 동생이 우레같은 목소리로 수십 개의 창문을 통째로 날려 보내자 인어들은 낄낄거렸고, 포세이돈은 깨진 창문 조각들을 아쉬운 표정으로 내려다보았다. 그는 더 이상 예전의 온화한 인어마을 수장의 모습이 아니었다. 그는 지팡이를 주섬주섬 챙기는 플럭과 데이피를 향해 코웃음을 치며 말했다.

"수호인들, 저 영특한 아가씨로부터 사실 이야기를 전해 들은 모양이지?"

"우리를 속이다니……."

부질없는 항의를 하는 시비어의 머리는 물결처럼 찰랑거렸다.

"그러게 말이다. 그래도 친구의 입을 통해 전해 들으니까 조금은 충격이 덜했을 거야."

포세이돈은 그렇게 말하고는 까만 비늘의 인어들을 향해 선포하듯이 외쳤다.

"동지들, 나는 저 아가씨가 특별한 능력을 갖고 있다는 걸 벌써부터 알고 있었소. 왜냐하면 저렇게 머리가 일찍 세어 버린 소녀는 이 섬에서조차 드물기 때문이오. 그리고 꿈을 꿀 땐 꼭 신들린 사람처럼 발작을 일으키더군."

아레스를 제외한 모든 인어들이 따라 웃었다. 그 모습을 지켜보던 바이올렛은 분노로 눈앞이 아득해질 지경이었다. 낄낄거리는 역겨운 웃음소리가 가실 무렵, 한 인어가 이가 몽땅 빠진 입을 움직여 말했다.

"우리가 저애들을 참으로 많이도 기다렸지 않소? 어서 끌어

내어 해치웁시다."

까만 비늘의 인어들은 한 목소리로 늙은 인어 포세이돈의 말에 동조했다. 포세이돈과 아레스보다 오히려 그들이 더 흥분하여 칼을 휘두르며 수호인들을 몰아세웠다. 후들거리는 다리를 힘겹게 가누어 뒷걸음질치던 수호인들은 지팡이를 쥘 힘조차 없었다. 뒷걸음질치다 부서진 가구에 걸려 뒤로 자빠진 데이피를 보고 포세이돈은 눈에 쌍심지를 켜며 말했다.

"쥐새끼 같은 놈들이 내 집을 이렇게 더럽히다니……."

아레스를 비롯한 다른 인어들도 집안 내부를 둘러보더니 손에 쥔 검을 더욱 단단히 쥐고 앞으로 헤엄쳐 나왔다. 수호인들은 계속 몸을 움츠리며 방어 자세를 취했는데, 누가 보더라도 승산이 없는 게임이라는 걸 그들도 잘 알았기 때문에 도망칠 궁리만 할 뿐이었다. 결국 그들은 어떻게 해서든지 그 마을에서 탈출하기로 마음먹었다. 어쩌면 다같이 물귀신이 될지도 모른다는 두려움이 그들을 겁먹게 했지만, 이미 산전수전을 다 겪은 터라 싸움과 도망이라면 이골이 나 있기도 했다.

"하나 둘 셋 하면 각자 저쪽, 저쪽, 저쪽을 통해서 밖으로 빠져나가는 거야."

프랭크가 필리코니스에게 속삭이며 가리킨 곳은 수족관이 깨지면서 생긴 세 개의 구멍이었다. 그 구멍들은 집 바깥과 통하도록 되어 있었고, 포세이돈의 집에서 나갈 수 있는 유일한 통로처럼 보였다. 필리코니스는 그 구멍을 보더니 안도의 한숨을 몰아쉬고는 눈짓으로 수호인들에게 프랭크의 계획을 전했다.

"하나 둘 셋!"

조심스럽게 울리는 카운트다운 소리와 함께 수호인들은 일제히 구멍을 향해 헤엄쳤다. 그들의 인공 아가미는 쉴 새 없이 팔딱거렸다. 하지만 물에서 태어나 물에서 자란 인어들이 수호인들을 따라잡기란 식은죽 먹기였다. 수호인들이 미처 구멍 주변까지 다다르기도 전에 빠른 물살이 수호인들을 휘감아 올렸다. 물기둥 위에서 버둥대는 수호인들의 모습을 흥미롭게 바라보던 포세이돈이 천천히 눈을 감았다 뜨자 물기둥이 더 높게 솟구치더니 갑자기 바닥으로 가라앉으면서 수호인들은 바닥에 내동댕이쳐졌다.

그들은 온몸이 으스러지는 듯한 아픔 때문에 인어들의 공격을 피하기는커녕 몸을 추스르지도 못했다. 인어들은 푹 꺼진 마루 바닥에서 고통스럽게 뒹굴고 있는 수호인들을 올가미를 사용해 통째로 옭아매려 했으나 그들이 빠른 속도로 다시 솟구쳐 오르는 바람에 실패했다.

물살을 가르며 다시 구멍을 향해 돌진하는 수호인들의 몸놀림은 필사적이었다. 쫓고 쫓기는 긴박한 상황은 그들에게 초인적인 힘을 발휘하도록 했다. 특히 플럭은 놀랄 만큼 빠른 속력으로 밖으로 통하는 구멍 근처까지 갔는데, 바닥에 던져질 때 어깨가 빠지는 바람에 손을 휘저을 때마다 큰 용기가 필요했다.

필사적으로 헤엄쳐 구멍에 도달한 그는 구멍의 날카로운 가장자리에 매달린 채 잠깐 숨을 돌리고는 데이피를 찾기 위해 두리번거렸다. 다급히 눈동자를 움직이던 그는 늙은 인어의 그

물에 가두어져 버둥거리고 있는 데이피를 발견했다. 그는 화들짝 놀라 데이피에게 헤엄쳐 갔으나 얼마 못 가 양손에 검을 쥔 젊은 인어 셋에게 둘러싸였다. 인어들은 끝이 송곳만큼이나 날카로운 검을 그에게 겨누었고, 그 중에서도 덩치가 비교적 작은 한 인어가 큰 그물로 그를 덮어씌우려 했다. 플럭은 소리를 지르고 싶었으나 목이 꽉 막혀 버린 바람에 이를 악물고 있을 뿐이었다. 그는 인어들로부터 도망치기 위해 물갈퀴를 흔들며 앞으로 나아갔지만 인어들은 그가 나아가는 방향마다 쫓아다니며 그를 에워쌌다. 제일 덩치가 큰 인어가 칼을 휘두른 탓에 그는 까딱하다 비명횡사할 뻔했으나 다행히도 아가미가 조금 뜯기는 것으로 그쳤다. 그러나 그 바람에 플럭은 공포에 사로잡혀 미친 듯이 구멍까지 헤엄쳤고, 결국 지옥과도 같은 포세이돈의 집을 빠져 나올 수 있었다.

수면 위를 향해 박차 올라오던 그는 울부짖던 데이피의 얼굴이 생각나 물갈퀴를 놀리던 발에서 힘을 뺐다. 그러나 그것도 잠시였다. 그는 이빨을 번쩍이며 달려드는 아레스의 곰치들 때문에 뒤도 돌아보지 않고 헤엄쳐야만 했다. 물갈퀴를 젓는 것에만 집중하던 플럭은 드디어 수면 바깥으로 얼굴을 내밀 수 있게 되었고, 콧속으로 밀려들어오는 신선한 바깥공기에 놀라 헐떡거렸다. 그는 빼꼼이 얼굴만 내민 채 주위를 둘러보았다. 이윽고 호숫가에 걸터앉아 있는 프랭크와 눈이 마주쳤다.

"프랭크! 언제 빠져 나온 거야?"

"좀전에."

프랭크는 무뚝뚝하게 대꾸했다. 플럭은 그가 앉아 있는 호숫가로 바삐 헤엄쳐 나오면서 그에게 말했다.

"꼼짝없이 죽나 했더니 이렇게 빠져 나와서 다행이야. 그것도 우리 둘만……."

"셋이야."

필리코니스가 금방 물 위로 올라왔는지 거친 숨을 몰아쉬며 덧붙였다. 플럭은 눈을 불안하게 깜빡이면서 말했다.

"아직 못 나온 애들이 많아. 데이피는 붙잡혔고."

플럭은 자신의 말에 대꾸도 하지 않고 다른 곳만 쳐다보고 있는 프랭크를 의아하게 바라보며 그의 대답을 기다렸다. 그러나 한참 뒤에 입을 연 프랭크의 말은 너무 뜻밖이었다.

"그래서 어쩌라는 거야?"

플럭은 인공아가미를 신경질적으로 벗어 던지면서 프랭크에 되물었다.

"그래서라니?"

"플럭, 저애들이 달고 있는 물갈퀴랑 인공 아가미는 조금 있으면 효력이 다할 거야. 우리 물갈퀴랑 아가미를 봐. 어떻게 됐는지."

플럭은 물갈퀴를 벗으려 발을 만진 순간 가벼워진 느낌에 깜짝 놀라고 말았다. 물갈퀴는 형체도 없이 사라졌고 그가 내던졌던 아가미도 온데간데없었다. 플럭은 포세이돈 형제에 대한 심한 배신감에 치를 떨며 프랭크에게 확고한 목소리로 말했다.

"그렇다면 더더욱 도우러 가야지. 네 말 대로라면 지금 저애들은 혼자 힘으로 빠져 나올 수 없게 된 거잖아."

그러나 프랭크는 싸늘히 대꾸했다.

"맞아. 그러니까 돕기 싫다는 거지."

플럭은 다리에 힘이 쭉 빠지는 걸 느꼈다.

5

탈출한 세 소년이 뭍에서 팽팽히 맞서는 동안, 물 밑에서는 쫓고 쫓기는 싸움이 계속되고 있었다.

위시드, 시비어, 바이올렛은 셋이 한몸처럼 함께 모였다 흩어졌다 하면서 인어들에게 혼란을 불러일으키면서 잘 피해 다녔으나 탈출하기에는 역부족이었다. 특히나 늙은 인어에게 붙잡혔던 데이피는 주머니칼로 그물을 끊어 도망치는 데 성공했으나 워낙 수영을 못하기 때문에 금세 다시 붙잡히고 말았다. 늙은 인어는 데이피를 쫓아다니며 마구 칼을 휘둘렀다. 데이피는 아슬아슬하게 피해 다녔지만 부서진 가구들에 끊임없이 부딪히는 바람에 온몸은 상처투성이였다.

미친 듯이 도망 다니던 데이피는 점점 호흡이 곤란해지는 것을 느꼈다. 그는 한 번 숨을 들이쉴 때마다 차가운 물이 콧속으로 스미는 바람에 흠칫 놀랐고, 자신의 아가미와 물갈퀴가 녹아가고 있음을 깨닫자 갑자기 공포에 휩싸였다. 그가 반쯤 남은 물갈퀴를 의지해서 탈출하기에는 밖으로 나가는 유일한 통로인 좁다란 구멍과 너무 멀리 떨어져 있는 상태였다. 물갈퀴가 반쯤 없어진 탓에 데이피의 몸짓은 둔해졌고, 이내 그는 인어가 휘두른 꼬리에 뒤통수를 얻어맞고 쓰러졌다. 의식을 잃고 점점 바닥으로 가라앉던 데이피는 의식이 흐려짐을 느꼈다. 그 모습을 함박웃음을 지으며 바라보던 늙은 인어는 양손을 탐욕스럽게 비비며 그를 어깨에 들쳐 메고는 아레스에게로 헤엄쳐 갔다.

데이피가 늙은 인어에게 당하는 동안 나머지 여섯 인어들은 소녀들을 쫓았다. 하지만 인어들이 허공에 올가미를 던지고 부서진 가구에 검을 내리쳐 산산조각을 내는 실수를 연발하자 포세이돈은 한심하다는 듯 소리쳤다.

"옛 동지들이 이렇게 허술해지다니 통탄할 노릇이구나!"

그는 창을 휘둘러 무섭게 돌아가는 물 회오리를 일으켰다. 도망치기에 급급했던 소녀들은 허리케인처럼 무섭게 흔들리는 물기둥을 피할 재간이 없었다. 회오리에 휩쓸린 소녀들의 모습을 흡족한 눈빛으로 바라보며 다가오던 포세이돈은 물을 더 거칠게 다루면서 물살이 더 빨라지도록 조절했다. 그와 마주보고 서 있던 아레스는 세 명이 도망쳤다는 사실을 알아채고는 형에게 급한 목소리로 다그쳤다.

"세 놈은 어디 갔지?"

회오리가 일으키는 소리가 너무 컸기 때문에 포세이돈은 동생의 목소리를 들을 수 없었다. 포세이돈은 영문도 모른 채 창을 움직여 물살을 더욱 거세게 만들었고 덕분에 수호인들은 혼이 빠질 정도로 이리저리 휩쓸려 다녔다.

"나머지 세 놈은 어디 갔냐고 묻잖아?"

아레스는 포세이돈이 있는 곳까지 와서 재우쳤다.

"그애들은 신경 꺼. 도망쳐 봤자 여기선 아가미 없이는 죽은 목숨이나 다름없으니까."

포세이돈이 귀찮다는 듯 대꾸하자 아레스는 더 흥분하며 물었다.

"아가미가 없다니?"

포세이돈은 살의에 가득 찬 웃음을 띠며 대답했다.

"내가 수를 썼지."

"무슨 수? 아, 형이 한 일이라면 적어도 허술하진 않겠지. 더 이상 안 물을게."

아레스는 그렇게 말하고 물기둥에 갇혀 있는 소녀들을 쳐다보았다. 소녀들은 고통스러운 표정으로 허우적거리고 있었다.

"그런데 이거 너무 시시하잖아. 한때 바다를 뒤흔들었던 형이 저애들과 장난치는 것도 아니고 말이야. 괴로워하는 모습을 즐기는 것도 좋지만 적당히 하라고."

아레스는 애써 장난스런 말투로 말했으나 포세이돈은 동생의 말에 짐짓 진지하게 대꾸했다.

"무시 못할 애들이야. 여기서 애들을 놓치면 평생 후회하게 될지도 몰라. 그러니 여기서 끝장을 내야지. 아레스, 그럴 시간 있으면 저 살찐 갈색 머리나 처리해. 저렇게 둥글둥글한 몸으로 잽싸게도 피해 다녀서 애를 먹고 있어."

"안 그래도 벌써 붙잡아 뒀어."

아레스는 데이피를 붙들고 있는 늙은 인어에게 흡사 성난 말과 같은 힘찬 동작으로 꼬리를 움직여 헤엄쳐 갔다. 늙은 인어는 걸쭉한 목소리로 킬킬거리며 데이피를 그에게 건넸다. 그는 데이피를 바닥에 짐짝처럼 내던지더니 창으로 다리 부분을 쿡쿡 찔렀다. 상처투성이인 물컹물컹한 앳된 다리는 금세 피가 배어 나오기 시작했고 덕분에 데이피는 겨우 눈을 떴다. 데이피가 신음하며 몸을 뒤척거리자 아레스는 눈을 가늘게 뜨고 잠시 생각에 잠겼다. 늙은 인어는 그에게 눈짓하며 말했다.

"손님 대접은 후할수록 좋은 거지. 안 그런가?"

"뭘 바라고 그런 소릴 지껄이는 거야?"

날카롭게 쏘아붙이는 아레스 때문에 무안해진 늙은 인어는 입맛을 쩝쩝 다시며 포세이돈에게로 헤엄쳐 갔다. 데이피가 힘겹게 뒤척이는 동안 아레스는 창의 손잡이 부분에 입김을 불었다. 이윽고 투명하던 손잡이가 뿌옇게 군데군데 얼룩지기 시작했고, 그가 창을 머리 위로 올려 몇 번 돌리자 조그맣게 반짝거리는 얼음의 결정들이 아레스의 머리 위로 요동치며 솟아올랐다. 뺨을 때리는 듯한 따가움에 놀라서 눈을 뜬 데이피는 눈알이 빠질 듯이 아려오는 것을 느꼈다.

포세이돈의 집 내부의 모든 물들이 순식간에 얼고 있었다. 재갈이 물린 데이피는 새파랗게 변한 입술을 덜덜 떨며 속으로 살고 싶다고 간절히 되뇌었다. 데이피 뿐만 아니라 포세이돈이 만든 물기둥 속에 갇혀 있던 시비어, 위시드, 바이올렛도 얼기 시작했다. 세 소녀는 점점 굳어 가는 자신들의 몸을 바라보면서 죽음이 성큼 다가왔음을 느꼈다. 특히 시비어는 전에 스쿱과의 싸움에서 얼음에 갇혔던 일이 떠올라 끔찍한 두려움에 울음을 터뜨렸다. 따뜻하고 더할나위없이 좋은 냄새를 품고 있던 물들은 이제 차가운 칼을 겨눈 죽음의 사자가 되어 수호인들을 위협하고 있었다. 모든 것이 얼어붙어 냉랭한 한기로 뒤덮인 포세이돈의 집 내부에서 온전히 남아 있는 이들은 포세이돈 형제와 검은 비늘의 인어들이었다.

인어들은 천성이 차가운 물도 견더낼 수 있는 단단한 피부를 지니고 있어서 얼음조차 가볍게 퉁길 수 있음을 자랑했다. 그들은 피부만큼이나 억센 꼬리로 얼음을 깨부숴가며 집 밖으로 빠져 나왔다. 훈훈한 물이 그들을 감쌌고, 늙은 인어는 즐거운 얼굴로 말했다.

"소원했던 일을 풀었군."

하지만 포세이돈의 표정은 썩 좋지 않았다. 그는 싸움을 걸 듯한 기세로 동생에게 물었다.

"아레스, 내가 원했던 건 이런 게 아니었다."

그는 자기 옆에서 헤엄치던 약삭빨라 보이는 인어의 손에서 검을 빼앗아 한 번 위로 던졌다 받으면서 말을 이었다.

"이 검은 폼으로 있는 게 아니거든. 더군다나 위협만 하고 그칠 계획이었다면 우리는 맨주먹으로도 할 수 있었어."

"오호라, 우리 족장님은 저애들을 흑나비들과 같은 꼴로 만들고 싶었던 게로군."

이빨이 다 빠진 늙은 인어는 그렇게 말한 후 자신의 검을 휘두르며 킬킬거렸다. 포세이돈은 어깨를 으쓱하며 대답했다.

"역시 내 맘을 알아주는 건 자네밖에 없군. 하지만 아레스 저 놈이 내 집을 통째로 얼려 버린 이상 별 수 있나."

다른 인어들은 웃음을 터뜨리며 수호인들이 괴로워하던 모습을 떠올리면서 이야기꽃을 피웠다. 하지만 포세이돈은 여전히 아쉬워하는 표정이었다. 그는 한마디로 인자한 인어의 탈을 쓴 피에 굶주린 살인광이었고, 그런 본성을 감쪽같이 숨기는 천부적인 재능도 있었다.

"어쨌든 얼음덩이가 된 집도 그렇고, 미안하게 됐군."

아레스가 쓴웃음을 지으며 사과하자, 포세이돈은 대수롭지 않다는 듯 고개를 끄덕였다.

"그럼 난 피곤해서 이만 가봐야겠어."

아레스는 옛 동지들과 형을 뒤로 하고 자신의 집 쪽으로 총총히 헤엄쳐 갔다. 집 마당에 풀어놓은 곰치들이 그를 반겼고, 이윽고 그는 붉은 곰치가 물고 있는 편지를 발견했다. 편지는 엘프루아의 루리아로부터 온 것이었는데, 뒷면에 찍힌 도장의 화려한 무늬를 통해 그녀의 편지임을 알 수 있었다.

「무리이겠지만 어쩐지 당신이라면 내 부탁을 거절하지 않을 거라는 희망으로 이 서신을 보냅니다. 미리 제가 손을 써둔 탓에 수호인들이 큰 위기는 모면했을 거라는 사실은 알고 있습니다. 하지만 당신의 형이 행여나 수호인들을 해치려는 마음을 먹고 있다면 그것만은 막아 주세요. 그저 온전한 몸을 가지고 그 마을을 빠져나올 수 있도록 도와주신다면 정말 감사하겠습니다.」

아레스는 애써 눈물을 삼키며 편지를 대충 구겨서 곰치의 입에 물린 후 집안으로 총총히 들어갔다. 그는 어쩌면 루리아를 다시는 못 볼 것 같다는 생각에 숨이 턱 막혀 오는 것 같았다.

6

플럭은 머리끝까지 화가 치밀었다. 동료의 뜻밖의 변심에 그는 지친 몸이 천근만근 더 무거워지는 것 같았다.

"그애들은 우리 친구이고 동료니까 구해야지. 어떻게 해서든 구해야 한다는 생각이 들지 않아?"

결국 그는 프랭크의 멱살을 쥐고 흔들며 말했다. 필리코니스가 잽싸게 끼어들어 말린 탓에 몸싸움으로 번지지는 않았으나 플럭은 분한 나머지 어깨를 들썩이며 발로 돌을 걷어찼다. 플럭을 간신히 프랭크에게서 떼어낸 필리코니스는 심하게 찢어진 프랭크의 팔을 보고는 고개를 돌렸다. 하지만 프랭크는 필리코니스의 얼굴 가까이 팔을 들이대며 말했다.

"그 구멍으로 빠져 나오면서 긁혔어. 가장자리의 깨진 유리가 그렇게 날카로울 줄 몰랐는데, 베이고 나니까 정신이 아찔하더라. 내 피 냄새를 맡고 달려드는 곰치들을 피하느라 죽을힘을 다해 이 너덜너덜해진 팔을 휘둘렀더니 꼴이 말이 아냐."

유리에 깊게 베인 상처는 눈 뜨고 볼 수 없을 정도로 심했다. 필리코니스는 묵묵히 자신의 가방에서 붕대를 꺼내 상처를 지혈했다. 상처 부위를 꽁꽁 동여매는 동안 프랭크는 작은 신음소리만 낼 뿐 별다른 반응은 보이지 않았다. 본래 그는 자신이 약해 보이는 것을 죽기보다 싫어했다. 서툰 솜씨로 붕대를 감던 필리코니스는 까만 눈동자를 반짝이며 말했다.

"여기서 빨리 벗어나야 해."

"하지만……."

"하지만 뭐. 저애들을 구하러 다시 뛰어들자 이거야?"

"굳이 뛰어들지 않아도 프랭크는 저애들을 구할 수 있는 능력이 있잖아. 프랭크라면 저 물을 충분히 다스릴 수 있……."

필리코니스가 플럭의 말을 잘랐다.

"너무 과신하지는 마. 그리고 모든 걸 다 떠나서 반대하는 이유는 따로 있지만 지금은 말할 기운도 없으니까 나는 이 대화에서 빠지겠어. 내가 반대하는 이유는 프랭크가 말해 줄 거야."

흔들림 없는 태도로 따지듯이 말하는 필리코니스에게 기가 눌린 플럭은 침만 꿀꺽 삼켰다. 그리고 이어진 프랭크의 말에 마음 한 구석이 와르르 무너지는 것 같았다.

"이제 킥워드랑 그 탐욕스런 까만 보석이 있다는 산이 코앞인데 걱정스럽지 않니? 까놓고 말해서 우리가 좀더 안전하게, 아니, 목숨을 건지는 것만으로도 다행이겠다. 이 모험에서 살아남기 위해서는 단호하게 저애들을 버리는 선택을 해야 해. 난 우리 셋이 물 밑에서 허우적대는 넷보다 훨씬 강하다고 생각하니까! 이건 너에게 매정하다 어쩌다 하는 말을 들을 것을 감수하고 하는 거야. 하지만 난 네가 날 이해해 줄 거라고 생각해."

프랭크는 재빨리 덧붙였다.

"그리고… 여자 애들은 걸림돌이야."

프랭크의 말을 묵묵히 듣던 플럭은 힘겹게 입을 열었다.

"이러지 마."

"그럼 어쩌라는 거야. 우리가 모든 이의 구제자라도 되는 듯이 말하는구나."

프랭크는 플럭의 어깨를 툭 치며 쏘아붙였다. 플럭은 두 눈에 간절함을 가득 담아서 프랭크를 쳐다보았지만 그는 필리코니스에게 귓속말을 하며 딴청을 피웠다. 플럭은 목이 메여 제대로 말을 이을 수 없었다. 그는 물갈퀴와 아가미가 녹아서 숨이 막혀 버둥거리고 있을 동료를 생각하니 괴로워 견딜 수 없었다. 그러나 프랭크는 절망하는 플럭을 돌아보지도 않고 마을을 빠져나가는 출구를 향해 걸어갔다.

"오, 프랭크 제발!"

플럭의 울먹이는 목소리가 호숫가에 쩌렁쩌렁 울렸다. 바삐 걸어가던 프랭크는 그 자리에 우뚝 섰고 플럭은 이성을 되찾았는지 또렷한 목소리로 말했다.

"혼자 가려거든 그렇게 해. 저 물 속에서 우리가 구해 주길 바라고 있는 애들이 있어."

프랭크는 뒤돌아서 경멸하는 눈초리로 쏘아보았다.

"그애들이 네 목숨과 맞바꿀 만한 가치가 있니? 납득시킬 만한 이유를 들어 봐."

프랭크의 질문에 플럭은 잠시 숨을 멈추고 큰 눈망울을 프랭크에게 고정시켰다. 그리고 잠시 후 단호한 어조로 말했다.

"사람의 목숨을 구하는 데에 가치가 있고 없고가 중요한 게 아니잖아. 그까짓 가치가 중요했다면 우리가 왜 여기까지 왔을까? 그렇게 치자면 너 하나 구한다고 그 위선자를 따라 나섰던 바이올렛은 귀머거리고 벙어리에 장님이겠구나. 내 이유는 이거야. 네가 말하는 가치 따위를 따지다가 이제껏 믿음으로 쌓아왔던 관계를 무너뜨릴 순 없어."

그토록 완고하게 굴던 프랭크도 양심의 가책이 아주 없진 않았는지 얼굴을 일그러뜨리며 플럭에게 쏘아붙였다.

"재수 없어."

플럭은 당장 달려들어 주먹을 한 대 날리고 싶은 마음을 꾹 누르며 다시금 설득했다. 이런저런 이유를 들며 진땀을 뺀 그는 프랭크의 대답을 듣기 위해 그에게 가까이 다가갔다. 가까이에서 본 프랭크의 얼굴은 아까보다 훨씬 누그러져 있었다.

"알아들었어. 어쨌든 이 팔로 잘할 수 있을지 모르겠다."

그는 옷소매를 뒤적이더니 자신의 지팡이를 꺼내들었다. 지팡이는 푸른색으로 빛나고 있었고 그 빛 덕분에 세 소년은 서로의 얼굴을 뚜렷이 확인할 수 있었다. 프랭크와 눈이 마주친 플럭은 기분 좋게 웃긴 했지만 잔뜩 구겨진 얼굴이었다. 프랭크는 지팡이를 초조하게 쥐었다 폈다 하며 호숫가로 다가갔다. 살을 에는 듯한 고통이 팔을 스치고 지나가 주저앉을 뻔했지만 마음을 단단히 먹은 그는 용케 버텨냈다. 한 걸음 한 걸음 조심스레 호수 가장자리에서 찰랑대는 물이 발을 적실 정도의 거리까지 다가간 프랭크는 크게 심호흡을 한 번 하고 주문을 외웠다.

"오르네시아~!"

호수마을의 물은 다른 물과는 다르게 강한 결속력을 가졌기 때문에 주문은 그대로 그에게 되돌아왔다. 그는 뒤로 3m 이상 튕겨져 나갔다. 그는 욕을 내뱉으며 굼뜬 동작으로 몸을 일으켰다. 괜찮으냐며 호들갑을 떠는 플럭에게 "당연하지."라고 허풍을 떤 그는 호숫가 끄트머리까지 단숨에 달려가 호흡을 가다듬었다. 등이 욱신거리는 것은 이제 그에게 문제 될 바가 아니었다. 일을 완벽하게 끝내는 것, 강한 면을 보여주는 것이 프랭크 페커드에게는 최고의 목표였다. 그는 호수의 물을 다스리기 위해 골똘히 궁리하기 시작했다.

'물의 흐름이 오랫동안 없었어. 이렇게 된 이상 내가 흐름을 만들어야 해.'

프랭크는 소매 속을 다시 바쁘게 뒤적거렸다. 크리스털을 찾기 위해서였다. 그가 가슴팍에서 꺼낸 크리스털이 내뿜는 푸른 광채는 놀라울 정도로 눈부셨고, 그 덕분에 호숫가 전체는 환하게 빛났다. 프랭크는 속으로 셋을 센 뒤 호수 한가운데를 향해 크리스털을 힘껏 던졌다.

크리스털은 물 속에 잠기는 듯하더니 다시 수면 위로 천천히 떠올랐고, 조마조마하던 플럭은 가슴을 쓸어내렸다. 호수 한가운데에 크리스털이 떠오르자마자 그것을 원점으로 큰 물결이 만들어졌다. 동그라미 모양의 파동이 규칙적으로 만들어지면서 윙윙거리는 소리가 호숫가를 울렸다. 플럭과 필리코니스는 극도의 어지러움을 느끼며 비틀거렸다. 산천초목은 물론 심지어 하늘에 걸린 달마저 흔들리는 것 같은 진동이었다.

물방울들은 저마다 자유롭게 흔들리며 춤을 추었고 그 바람에 잔잔하던 호수는 격렬히 진동했다. 하지만 마구잡이로 움직이는 것처럼 보이는 물방울들은 정확히 둘로 나뉘어 왼쪽과 오른쪽으로 흐름을 잡았다. 그 모습을 지켜보던 프랭크는 불안한 마음을 다잡으며 주문을 외웠다.

"오르네시아!"

주문을 외치는 그의 목소리는 그리 크지 않았음에도 불구하고 물방울들은 마치 왕의 명령을 따르는 신하들처럼 일사불란하게 움직였다. 물방울들이 모여 물결을 이루었고 물결은 재빨리 자신들의 흐름을 바꾸었다. 물이 벽을 이루어 양쪽으로 높이 솟아오른 모습은 매우 놀라운 광경이었다.

"와, 대단해!"

플럭과 필리코니스는 탄성을 지를 수밖에 없었다. 섬이 생기고 마을이 생긴 이래 단 한 번도 격렬한 움직임이 없었던 호수는 젊은 수호인의 힘으로 마침내 양쪽으로 갈라지고 있었다.

"좋았어!"

프랭크는 의기양양하게 외쳤다. 이 기적을 처음부터 함께 했던 플럭과 필리코니스는 분수처럼 솟아오르는 거대한 물기둥을 보자 벅찬 마음을 주체할 수 없었다. 그러나 그들은 그런 기분을 즐길 여유가 없었다.

물이 갈라진 가운데로 길고 좁은 바닥이 드러나자 플럭은 못 빠져 나온 아이들을 찾기 위해 정신없이 뛰어다녔다. 호수의 깊이가 그리 깊지 않았기 때문에 호수 밑바닥의 모습이 훤히 보였고, 덕분에 소녀들과 데이피는 쉽게 발견되었다. 그들은 무수히 쪼개진 얼음 조각들 사이에서 온몸이 새파랗게 질린 채 쓰러져 있었다. 사시나무처럼 떨고 있는 위시드와 눈이 마주친 프랭크는 그녀를 차마 똑바로 쳐다볼 수 없었다.

"저애들을 어떻게 꺼내지? 참, 내가 꺼낼 수 있겠구나!"

플럭은 걱정스럽게 외친 후 스스로 대답했다. 그는 지팡이를 꺼내 주문을 외쳤다.

"모르비도!"

지팡이의 머리 부분에서 까맣고 꼬불꼬불한 덩굴들이 끝도 없이 나왔고, 그것이 호수의 마른 바닥에 닿기까지는 불과 몇 분도 채 걸리지 않았다. 탈진 상태인 소녀와 데이피는 덩굴을 붙잡으려고 엉금엉금 기었다.

"단단히 잡아!"

플럭은 자신이 뽑아낸 길다란 덩굴을 큰 바위에 단단히 둘러 묶고는 밑에 있는 아이들을 끌어올렸다. 마침내 그는 동료들을 무사히 호수 바깥으로 끄집어낼 수 있었고, 집념으로 버티며 덩굴을 잡고 올라온 세 소녀와 데이피는 질퍽한 땅바닥에 드러누워 힘겹게 숨을 토해냈다. 그들이 회복하기까지는 꽤 긴 시간이 필요했다. 다시 혈색이 돌아오고 기운을 차린 그들은 말없이 서로를 꼭 껴안았다.

"어서 여기를 떠나자."

필리코니스는 지도를 꺼내 다음 행선지를 확인한 후 동료들

을 재우쳤다. 모두 기운차게 자리를 박차고 일어났으나 위시드만이 하얗게 질린 얼굴로 와들와들 떨며 구부정하게 앉아 있었다. 몸이 약해 기침을 달고 사는 그녀는 추위를 견디지 못한 모양이었다. 욕지거리를 해대며 안절부절못하던 프랭크는 뭔가를 결심한 듯 위시드를 번쩍 들쳐업었다. 그녀는 내려달라며 소리를 질렀지만 프랭크는 아무 말 없이 천천히 걸음을 옮길 뿐이었다. 그의 행동을 막을 수 없다는 것을 깨달은 위시드는 그의 귀에 대고 병든 새 같은 목소리로 속삭였다.

"고마워."

어슴푸레한 차가운 달빛이 그들의 가는 길을 비추었다.

"철썩철썩."

잠을 자던 예민한 인어들이 호수가 갈라질 때 생긴 큰 소음 때문에 잠에서 깨어나 꼬리를 물 바깥으로 찰박찰박 내밀며 수선을 피웠는데 그 모습은 마치 수호인들을 배웅하는 것처럼 보였다. 그러나 수호인들은 뒤도 돌아보지 않고 정신없이 마을을 벗어났다. 빠르게 교차되는 발자국 소리가 흡사 맹수에게 쫓기는 동물의 소리처럼 들렸다.

플럭은 필리코니스 뒤에 바짝 붙어 걷다가 계속해서 들리는 철썩거리는 소리에 참을 수 없는 호기심이 발동하여 뒤를 돌아보았다. 아직 갈라진 호수의 물은 원래대로 돌아오지 않았는데, 높게 벽을 이룬 물 사이로 아레스의 얼굴이 비쳤다. 그는 놀랍게도 웃고 있었다. 플럭은 우뚝 걸음을 멈추었다가 다시 걸음을 재촉했다. 두려움보다 더한 공포가 지친 그들을 엄습했다.

23

작은 혁명가 매더스 남매

7

올해 만 17살이 된 류 매더스와 연년생 여동생인 진 매더스는 물가에 앉아 나무를 깎고 있었다.

그들이 깎고 있는 나무는 여느 나무와는 달리 매우 굵은 것들이었고, 동시에 칼이 푹푹 들어갈 만큼 무른 것들이었다. 옆에 쌓인 나무토막들이 그들의 앉은 키를 훌쩍 넘어서자 진은 나이프를 외투 주머니에 꽂은 후 나무토막들을 주섬주섬 챙겼다.

오빠인 류가 도우려하자 진은 그의 도움을 극구 사양하고 두 번에 걸쳐 그것들을 숲속으로 옮겨갔다.

브리자르 숲은 빽빽이 자란 나무들 덕분에 빛 한 줄기 들어오지 않았고, 숲속으로 들어간 남매는 눈을 떠도 감은 것 같은 깜깜한 주변 때문에 더욱더 행동이 조심스러워졌다.

새도 아니고 큰 잠자리도 아닌 날개 달린 짐승이 그들의 머리를 스칠 정도로 낮게 비행하면서 큰 소리로 울어 젖혔으나 남매는 말없이 나무토막을 바닥에 펼치는 작업을 계속했다.

나무토막들이 유선형의 배 모양을 띠자, 류는 등에 멘 조그만 가방에서 금색 실타래를 꺼냈다. 금색 실타래는 반짝반짝 빛을 내고 있었는데 그 빛은 사라지지 않고 지속되었다. 그는 능숙한 솜씨로 실타래에서 실을 뽑아 나무들을 서로 묶었다. 얇은 실이 얼마나 질긴지 나무들을 모두 엮어 뗏목을 만드는 데 류의 실타래 한 뭉치면 충분했다.

진은 뗏목 위로 올라가서 쿵쿵 뛰어 뗏목이 튼튼한지 시험해 본 후 만족스러운 표정으로 류와 함께 그것을 물가로 옮겼다. 금색 실로 엮여 밝은 빛을 내는 뗏목은 물가에 비스듬히 놓였다. 콸콸 쏟아지는 물 흐르는 소리만이 브리쟈르 숲에 울려 퍼졌고 진과 류는 초조하게 누군가를 기다렸다.

진은 짧은 단발머리의 흑단같이 검은 머리칼이 매력적으로 빛나는 소녀였다. 얼굴은 하얗고 눈매가 날카로워 매서워 보였지만 늘 촉촉하게 젖어 있는 새카만 눈동자가 그녀를 진실해 보이게끔 했다. 체구는 호리호리하고 키도 컸으나 선머슴 같은 이목구비가 소년처럼 보였다.

그녀는 한번 웃으면 때와 장소를 가리지 않고 그칠 줄 모르고 웃기 때문에 늘 오빠인 류가 주의를 주어야 했다. 웃음이 많고 허점투성이 같아 보이는 그녀지만 늘 까만 외투의 왼쪽 주머니에 꽂고 다니는 나이프를 쥐고 싸울 때면 한 마리의 암표범처럼 날렵하고 사나웠다. 반면에 그녀보다 1년 일찍 태어난 류는 마력이 없이 태어난 여동생을 지키는 일에 사명을 건 듯 동생의 일이라면 발벗고 나서는 용기를 발휘했다. 적당히 자란 머리는 까맣게 탄 얼굴을 반쯤 가리는 새둥지 같은 모양새였지만 눈이 반짝반짝 빛나는 것은 동생과 닮아 있었다. 염력을 사용할 수 있는 그의 손은 유난히 길고 쭉 뻗어 있었다.

그는 웃음이 별로 없는 소년으로, 진이 유쾌하게 웃을 때만 함께 따라 웃곤 했다. 또한 그는 모험을 싫어하고 매사에 신중해서 가끔 좋은 기회를 놓친 적도 있지만 누구보다도 빨리 달릴 수 있는 긴 다리를 갖고 있었다.

류가 헝클어진 머리를 손으로 대충 빗으며 진에게 말했다.

"너는 내 동생이지만 알다가도 모를 애야. 도립학교 다닐 때부터 늘 이런 식이었지. 사고부터 치고 뒷수습 못하는……."

듣고 있던 진이 웃음을 터뜨렸다. 그녀는 오빠의 말은 안중에도 없는 듯했다. 그녀의 청량음료 같은 시원한 웃음소리가 그치지 않자 류의 얼굴에도 미소가 번졌다. 진은 겨우 웃음을 멈추고 말했다.

"바로 그거지. 뒷수습 못하는 거."

류의 얼굴이 다시 굳어졌다. 진은 그의 표정을 살피더니 재빨리 덧붙였다.

"물론 아무 생각 없이 여기까지 오빠를 끌고 온 건 아냐. 난 이 여행을 시작하기도 전부터 내가 지금까지 살아오면서 한 번도 겪어본 적 없는 짜릿함을 느꼈다니까!"

류는 한 마디씩 또박또박 끊어 말했다.

"네가 지금껏 살아오면서 한 번도 겪어본 적 없는 짜릿함이라, 나는 네가 매일 3층까지 맨손으로 기어 올라와 수업을 몰래

들었을 때 충분히 짜릿했었고, 또……"

진은 그의 말허리를 잘랐다.

"그건 학교 측에서 내 입학을 멋대로 취소했기 때문에 그랬던 거지. 난 덕분에 4년 동안 충분히 즐거웠어. 학교 벽을 타는 것도 꽤나 스릴 있는 일이거든."

류는 눈썹하나 꿈쩍하지 않는 진에게 질린다는 듯이 말했다.

"꽤나? 스릴? 잘도 말하는구나. 난 너 때문에 오금이 다 저렸었어. 로리스 교수님께 덤벼서 수정구슬에 갇혔을 때도 나는 충분히 짜릿했었다고. 암 그렇고말고."

"로리스는 멍청이야."

"그분은 훌륭한 교수님이야. 네가 대든 게 잘못이지."

"대들지 않았어. 단지 작은 장난일 뿐이었어. 청소년기에 한 번쯤은 있음직한 반항이었지."

"벽보에 욕을 써서 온 학교며 간부회의장이며 모든 건물 외벽에 빼곡하게 붙여 놓은 것이 대든 게 아니라면, 테러라고 할 수 있겠다."

류가 진지하게 정의를 내리자 진은 또다시 웃음을 터뜨렸다. 그러나 류의 얼굴은 여전히 심각했다. 진이 눈물까지 찔끔거리며 웃어젖히자 류는 그녀의 뒤통수를 쳤다. 그러자 진은 늘 있었던 일처럼 아무렇지 않게 평소의 모습대로 류에게 말했다.

"그러게. 오빠는 왜 내 편이 돼주지 않았었는데?"

"너의 입학이 엄연히 불법인 것은 전교생을 비롯해서 모든 교수님들이 인정하는 사실이었어."

"그래도 수정구슬에 가둔 건 미친 짓이었어."

"그건 나도 동의해. 너를 찾는 데 꼭 1주일이 걸렸었지."

"로리스 햄프, 그는 교활한 사람이야. 자주 거기에 사람들을 가뒀었나 봐."

"또 쓸데없는 추측 한다."

류는 잠깐 한숨을 쉬더니 말을 이었다

"마지막으로 하나 더. 졸업식장에 말 타고 왔던 거, 그것도 머리 두 개 달린 템플 종이었지. 너는 승마 수업 한번 받아보지 못했으면서 어떻게 그런 난폭한 말을 끌고 올 생각을 했니? 모든 사람이 너를 보면서……"

"환호했었지! 템플 말이야, 그거 별거 아니더라. 겉으로 보기에는 난폭해서 타기조차 힘들어 보이지만 내 방법대로 하면 누구나 탈 수 있을걸! 한쪽 머리가 다른 곳을 볼 때 얼른 다른 머리를 때리면 앞으로 달려 나가기 시작하고 그러면 자연스럽게 한쪽 머리는 따라갈 수밖에 없지. 머리 두개 달린 말의 장점이 바로 그거잖아. 승부욕이 강해서 한번 달리면 멈추지 않는 거, 그걸 이용했지."

진이 까만 눈동자를 반짝이며 옛일을 회상하자 류는 시큰둥하게 대답했다.

"그게 제일 큰 문제였다는 건 기억을 못하는구나. 네가 타고 온 말이 멈추지 않고 귀빈석까지 질주해서 로리스를 들이받았을 때, 난 머리 속이 하얗게 비어 버리는 것 같았어."

진은 깔깔거리며 웃기 시작했고 류도 따라 웃을 수밖에 없었는데, 그 이유는 근엄한 자세로 거드름을 피우고 있다가 진이 타고 온 템플에게 걷어 채여 뒤뜰까지 날아간 로리스의 뒤뚱거리는 모양새가 떠올랐기 때문이었다.

"하하하, 그래도 나는 항상 오빠 덕을 많이 봤지. 사람들이 평가했던 오빠란 사람은 학교 다니는 4년 내내 우수 학생에다가 반장이었고 또 아무리 반항을 해도 그것조차 투정으로 보이게 만드는 엘리트 이미지의 소유자로서 학교의 독보적인 존재였다. 뭐 이 정도?"

"별 말 다한다. 사실 학교의 독보적인 존재는 너였어."

진은 무관심한 척하면서 얼굴을 붉히는 오빠를 보며 싱글거렸다.

"하나 더 덧붙이자면 골칫거리 여동생이 하나 있다는 것, 오빠 덕분에 교수님들이 내 허물을 다 덮어 주셨지."

"로리스를 제외하고."

"그래, 그 악질."

"그런 말 하지 마. 그분은 염력에 있어서는 일인자야."

류가 로리스 교수를 계속해서 변호하자 진은 그를 매섭게 흘겨 보았고, 때문에 그는 황급히 화제를 돌렸다.

"근데 왜들 이리 늦지?"

"그러게. 지금쯤 올 때가 됐는데."

남매는 초조하게 물가를 서성거렸다. 물가를 대여섯 번쯤 돌았을 때 갑자기 찬 기운이 그들을 엄습했다. 찬바람이 진의 검은 머리칼을 흐트려 놓자 그녀는 앞서 걷고 있던 오빠에게 다가가 말했다.

"날짜를 확인해 봐. 아무래도 시기를 잘못 탄 것 같아."

류는 반사적으로 깜짝 놀라며 달력을 확인했다. 류의 손목에 감긴 작은 시계 모양의 달력에 달린 화살표는 핑그르르 돌아 6을 가리켰다.

"맙소사, 정크주기가 시작된 것도 알아채지 못하다니 정말 바보 같아!"

그는 탄식하듯 외쳤다. 달력의 화살표는 느릿느릿 움직이며 어느덧 6과 7의 중간에 걸쳐 있었다. 그는 동생에게 다급한 목소리로 물었다.

"어떡하지?"

"어떡하긴, 피할 방법은 없어."

의연한 자세로 대답하는 진의 손에는 번쩍이는 나이프가 들려 있었다. 물가는 불길하게 진동하기 시작했고 차가운 바람이 남매의 얼굴을 호되게 때렸다.

8

수호인 일행은 산 정상을 향해 힘겨운 발걸음을 옮기고 있었다. 땅이 건조한 탓에 발을 뗄 때마다 먼지가 뽀얗게 피어올랐다. 키가 작고 잘 휘어지는 나무 몇 그루가 간간이 눈에 띌 뿐, 다른 식물이나 동물은 찾아볼 수 없었다.

태양이 작열하는 가운데 수호인들은 얼굴에 흐르는 땀을 손으로 닦아내며 한 걸음 한 걸음 앞으로 나아갔다. 푹푹 찌는 더위 탓에 살갗은 빨갛게 익었고, 땅에서 얼굴까지 올라오는 뜨거운 모래바람 때문에 눈에서 눈물이 줄줄 흘러내리자 그들은 걷지 않으면 쓰러져 죽을 것 같다는 생각에 더 빨리 걸었다.

어느덧 모래가 자취를 감추고 뜨겁게 달궈진 자갈길에 접어들 무렵 위시드는 자신의 깨끗한 피부가 타겠다며 울먹거렸다. 그러나 옆에서 함께 걸어가던 시비어는 그녀에게 대꾸할 힘조차 소진한 것처럼 보였다. 의아한 얼굴로 지도를 이리저리 뒤집어보던 프랭크가 필리코니스에게 물었다.

"필리코니스, 산치고는 오르막길 하나 없는 게 왠지 이상하지 않아? 우리가 길을 잘못 든 게 아닐까? 심지어 나무조차 없잖아. 여기는 마치……."

프랭크는 하던 말을 중단한 뒤, 선 자리에서 주위를 돌아보고는 다시 말을 이었다.

"사막 같아."

필리코니스는 고개를 끄덕이는 것으로 대답을 대신했다. 말을 하려고 하면 무서운 속도로 바람을 타고 입 속으로 들어오는 뜨거운 모래 때문에 겁이 난 그는 가방에서 펜을 꺼내 프랭크와의 의사소통을 시도했다(가방에 들어 있는 물건들 중에 십중팔구는 비팀의 펄키가 준비한 것들이었다).

필리코니스는 빨간 깃털이 달린 펜으로 허공에 글씨를 쓰기 시작했다. 그의 손이 움직이는 대로 글자들이 모습을 나타내더니 이윽고 완성된 문장 하나가 허공에 나타났다. 프랭크는 놀라운 기색을 감추지 못한 나머지 연신 땀을 닦아냈다. 그는 허공에 떠다니는 글자들을 읽은 후 필리코니스에게 물었다.

"우리가 길을 잘못 든 게 아니라면 도대체 여긴 어디지?"

필리코니스가 거칠어진 목소리로 대답했다.

"로씨오 산."

프랭크는 걱정스러운 표정으로 주위를 둘러보며 말했다.

"저, 아무리 봐도 산은 아닌 것 같아."

갑자기 몰아친 모래바람에 휘청거리는 그를 붙잡으며 필리코니스가 말했다.

"여기는 산이 맞아. 단지 누군가에게 점령당해서 황폐해진 것뿐이야."

"여기를 점령한 그 누군가를 너는 알고 있니?"

"나도 몰라."

필리코니스는 짧게 대답한 후 다시 걸음을 재촉했다.

"얼마나 더 걸어야 돼? 다음 마을까지 얼마나 남았어?"

높은 목소리의 주인은 위시드였다. 그녀의 얼굴은 시뻘겋게 달아올라 있었고 피곤한 기색이 역력했다. 프랭크는 무어라 대답해 주고픈 심정이었으나 목소리가 나오지 않는 탓에 입술만 잘근잘근 씹을 뿐이었다.

그들은 반나절 동안 걸었으나 태양을 가려줄 그늘 하나 발견하지 못했기 때문에 이미 바닥난 물통을 탈탈 털어 목을 축이는 것으로 더위를 견뎌낼 수밖에 없었다. 그나마 간간이 눈에 띄던 키 작은 나무들도 자취를 감추었고, 하늘은 어느새 검은 장막으로 덮여 별 하나 뜨지 않는 어두운 밤이 찾아왔음을 알려주고 있었다. 미친 듯이 내리쬐던 태양이 사라지고 반쪽짜리 달이 하늘에 걸쳐지자 찌는 듯한 더위도 가셨다. 그러나 서로의 얼굴조차 확인할 수 없을 만큼 주변이 어두컴컴해지자 시비어는 기다렸다는 듯이 루비듐과 지팡이를 꺼내 불을 지폈다.

"루비듀모스!"

활활 타오르는 불꽃을 중심으로 둘러앉은 수호인들은 짐을 풀고 이런저런 얘기를 나눴다. 주로 로씨오 산에 대한 의문점들이 화젯거리였는데, 필리코니스는 뭔가 알고 있는 듯한 태도였으나 털어놓기를 꺼려했다. 일행들로부터 돌아앉은 그는 거의 걸레가 되어 버린 너덜너덜한 지도만 뚫어져라 바라보았다.

"오, 시비어, 내 피부 좀 봐. 칙칙해진 데다가 스칠 때마다 쓰리고 아파."

위시드였다. 그녀는 눈물이 글썽한 얼굴로 자신의 팔다리를 훑어보며 한숨을 쉬었다. 시비어는 타오르는 불에 울퉁불퉁한 자갈돌 하나를 던져 넣으며 말했다.

"우리 중에 몸이 성한 애는 하나도 없어. 근데 이상하지? 처음에는 여기를 도망치고 싶은 생각밖에 안 들더니 지금은 나름대로 사명감 같은 게 생겼어. 갑자기 적들이 우르르 튀어나와서 내 목숨을 위협해도 기꺼이 싸울 수 있을 것 같아. 내가 강해진 건지, 원래 강했던 건지 모르지만 어쨌든 묘한 기분이야."

그러나 자신의 말에 아무도 대꾸하는 사람이 없자, 무안해진 그녀는 기침을 해댔다. 그때 플럭이 주저하는 표정으로 망설이

다가 말했다.

"사실 나도 그렇게 생각해."

시비어의 표정은 단번에 환해졌고 플럭은 멋쩍어하더니 새우잠을 청했다. 벌써 바이올렛과 필리코니스를 제외한 수호인들은 구부정한 자세로 죽은 듯이 자고 있었다.

필리코니스는 뒤척거리는 데이피와 프랭크 사이에서 지도를 쥐고 골똘히 생각에 빠진 채 석상처럼 앉아 있었고, 바이올렛은 그 모습을 바라보다가 한숨을 쉬며 자갈 위로 드러누웠다. 그녀는 밤이 되면서 차갑게 식어 버린 자갈들이 등에 배겨 불편함을 느꼈으나 눕자마자 깊은 잠에 빠졌다.

다음날, 새벽부터 떠오른 태양이 뜨거운 햇볕을 비추자 수호인들은 투덜거리며 잠에서 깨어났다.

"필리코니스, 언제 일어난 거야?"

저만치 떨어져서 그들을 깨어나길 지켜보고 있던 필리코니스가 데이피의 물음에 답했다.

"한숨도 못 잤어."

"난 너무 지쳐서 한 번도 안 깨고 잤는걸. 지금도 눈이 저절로 감겨."

데이피는 늘어져라 하품을 했지만 필리코니스는 초조한 표정으로 수호인들에게 어서 가자고 재촉했다. 그는 누구에게 쫓기듯이 빨리 걸었기 때문에 그를 뒤따르느라 지친 세 소녀가 불만 섞인 목소리로 물었다.

"누구 쫓아오는 사람이라도 있어?"

그러나 그는 대답도 없이 바쁘게 걸을 뿐이었다. 투덜거리던 소녀들도 덩달아 빨리 걷기 시작했다. 자갈길은 끝이 없는 듯했다. 그러나 그들은 도중에 쉬면 오히려 더 힘들다는 사실을 잘 알기 때문에 누구 하나 걷는 것을 멈추지 않았다. 다리가 풀릴 정도로 쉬지 않고 걷던 수호인들은 지긋지긋하게 괴롭히던 더위가 한순간에 가시고 갑자기 추위가 엄습해 오자 불안한 생각에 우뚝 멈춰 섰다. 필리코니스는 기다렸다는 듯이 외쳤다.

"뛰어!"

수호인들은 영문도 모른 채 그를 따라 달리기 시작했다. 방금 전까지만 해도 뜨겁게 휘몰아치던 모래 바람은 어느새 매서운 찬바람으로 돌변해 그들의 얼굴을 때렸고 그들은 공포에 휩싸여 채찍 맞은 말처럼 달리기 시작했다. 정신없이 달리다가 문득 이상한 느낌이 들어 하늘을 올려다 본 시비어가 비명을 질렀다.

"저 해 좀 봐."

시비어가 가리킨 해는 보기만 해도 오싹한 검푸른색으로 변해 있었다. 그러나 해의 변신은 그것으로 끝이 아니었다. 30초 정도 지나자 해는 타오르는 듯한 시뻘건 색으로 변하더니 그로부터 2분쯤 더 지나자 다시 푸른색으로 바뀌었다. 수호인들은 끊임없이 색을 바꾸는 해 때문에 지레 겁을 먹어 더 이상 앞으로 나가지 못했다. 해가 빨갛게 변했을 때는 햇볕이 쨍쨍 내리쬐면서 시야가 환하게 열렸지만 해가 푸른색으로 변할 때는 급속도로 주변의 온도가 내려가면서 매서운 바람이 몰아쳤다. 무서운 속도로 재빠르게 모습을 바꾸는 해를 보면서 수호인들은 다시 위기에 직면할 것 같은 불안한 생각을 떨칠 수 없었다.

열아홉 번째로 푸른색의 해가 뜨자 시비어는 하늘에 삿대질을 하면서 이상한 소리를 지껄였다. 그때였다. 푸르게 변한 태양의 중간쯤에서 왔다갔다하던 두 개의 점이 수호인들이 있는 쪽으로 빠르게 다가오더니 점점 커지면서 이윽고 명확하게 그 정체를 드러냈다.

"안녕."

높지도 낮지도 않은, 그렇다고 남자의 것도, 여자의 것도 아닌 두 사람의 목소리가 동시에 들렸다. 그런데 놀랍게도 한 사람이 말한 것처럼 들려왔다. 시비어는 떨리는 목소리로 물었다.

"누, 누구냐?"

그들은 광대 차림을 하고 있었다. 두 사람의 땅딸막한 몸집은 수호인들 중 키가 제일 작은 위시드의 허리에도 못 미쳤고 우스꽝스러운 방울모자를 쓰고 있었다. 구두는 뾰족하게 위로 솟았으며, 허벅지 부분을 부풀려 발목에서 모아지는 기형적인 바지를 입고 있었고 가슴까지 오는 짧고 검은 망토를 걸치고 있었다. 게다가 쭉 찢어진 눈밑에 자리잡은 코는 동그랗고 윤기 나는 파란 공 같았다. 그들은 두 손에 각각 페인트 통과 붓을 들고 있었는데 왼쪽 광대는 빨간 통을, 오른쪽 광대는 파란 통을 들고 있었고 다른 손에는 페인트를 묻힌 넓은 붓을 쥐고 있었다.

하늘에서 뚝 떨어진 광대들의 갑작스러운 출현 때문에 수호인들은 혼란에 휩싸였다. 위시드는 망토 자락에 매달아 놓은 지팡이를 꺼내려다가 주춤했다. 그녀는 섣불리 맞서기보다는 상황을 살펴야겠다는 생각을 하고는 동료들에게 눈치를 주었다. 그런데 광대들의 주먹만한 코에서 눈길을 떼지 못하던 수호인들이 소스라치게 놀란 것은 광대들의 입에서 뚝뚝 흘러내리는 검붉은 피였다. 멈추지 않고 흐르는 피는 자갈밭에 방울방울 떨어져 내렸다. 광대들은 들릴락말락한 소리로 끙끙 앓는 소리를 내다가 그들에게 가까스로 물었다.

"물 좀 줄 수 있어?"

수호인들은 일제히 프랭크에게 시선을 돌렸으나 그는 질색하며 손사래를 쳤다.

그는 인어마을에서 무리를 한 이후로 마법을 쓸 때마다 전보다 몇 배의 기운을 써야 했기 때문에 지팡이조차 작은 가방 밑바닥에 쑤셔 넣어두고 있었다. 그가 간단한 주문을 외우는 것조차 힘들어한다는 사실을 떠올린 수호인들은 광대들에게 안 된다는 말을 되풀이할 수밖에 없었다. 그러나 파란 통을 들고 있던 광대가 피로 물든 자갈밭 위로 맥없이 쓰러져 버리자 수호인들은 술렁거리기 시작했다. 쓰러진 광대 옆에 오도카니 서 있는 또 한 명의 광대는 골골거리는 목소리로 말했다.

"우리는 며칠째 물을 못 마셨어. 저 위에는 물이 드물거든."

그는 하늘을 가리키며 말했다.

"우린 곧 죽고 말 거야."

광대가 계속 콜록대며 불쌍한 표정으로 호소하자 수호인들은 프랭크를 다그쳤다. 그는 마지못해 가방을 뒤져 지팡이를 꺼냈으나 상당히 오랜 시간 노력한 끝에 커다란 물방울 하나를 만

들었다. 자신을 광대 A라고 소개한 붉은 광대는 그 물방울을 날름 들이마셨고 수호인들은 그의 변화를 조심스럽게 살폈다.

이윽고 A의 입에서 흐르던 피가 멎었다. 프랭크는 또 한번 사력을 다해 물방울을 만들어 쓰러져 있는 B(A는 푸른 옷의 광대를 B라고 소개했다)를 일으켜 그의 입에 흘려 넣어 주었다. B도 A와 마찬가지로 순식간에 기운을 되찾았다. 그는 갑자기 벌떡 일어나더니 프랭크에게 안겼다. 프랭크는 망토에 묻은 피를 보고 역겹다는 표정을 지었으나 A마저 그에게 덥석 안기고 말았다. 그 모습을 지켜보는 수호인들은 매우 재미있어했다. 그러나 조금 들뜬 분위기를 단번에 험악하게 만든 것은 파란 바지를 입은 B였다.

"색칠놀이 좋아해?"

B의 뜬금없는 질문에 수호인들은 머뭇거렸고, 광대들은 몹시 뿌루퉁한 표정을 지었다. 그러나 그들은 이내 쾌활하게 웃으며 한 목소리로 말했다.

"우리는 색칠놀이를 좋아해."

빨간 옷의 광대가 파안대소하며 질문을 던졌다.

"우리가 누군지 혹시 아니?"

시비어는 대답을 해야 할지 말아야 할지 몹시 고민하는 눈치였다. 그녀가 우물쭈물하며 뭔가 말하려고 할 때, 파란 옷의 광대가 외쳤다.

"매년 정크주기 때마다 하늘을 책임지는 우리는 크라운이야!"

그는 새빨간 입술을 불필요하게 많이 움직였고, 데이피는 그 모습을 호기심어린 눈으로 지켜 보았다. 그러나 B는 그러한 시선에도 아랑곳하지 않고 말을 이었다.

"크라운들은 재미있는 걸 좋아해. 왜냐하면 우리가 재미있는 사람들이거든."

"크라운?"

필리코니스는 낯익은 느낌이 들어 기억을 되짚어 보았다. 이윽고 그는 웃음약을 떠올릴 수 있었다.

"오호라, 크라운은 하급 괴물이라고 들었는데……. 너희도 킥워드의 끄나풀들이지?"

필리코니스는 순간 경솔히 말했다는 생각이 들어 뜨끔했으나 그가 예상했던 것과는 달리 광대들은 어떠한 공격적인 반응도 없이 멀뚱히 서 있었다. 빨간 바지를 입은 광대 A가 잠시 동안의 침묵을 깨뜨렸다.

"그림 형제는 권력이나 지배욕을 좋아하지 않아."

그의 왼쪽 뺨에 그려진 눈물방울이 점점 커지면서 뺨을 뒤덮었다. 광대 B의 왼쪽 뺨 역시 눈물방울로 가득 메워졌다. 파란 옷의 광대 B는 목 메인 목소리로 말했다.

"재미없는 걸 이야기의 주제로 삼다니! 죄악이야."

크라운들이 정신이 나갔다고 확신한 위시드는 금세 태도를 바꾸어 코웃음을 치면서 쏘아붙였다.

"이러쿵저러쿵 훈계하지 말고 정체나 밝히시지. 너희가 우리가 알고 있는 크라운이라면 보나마나 하급 괴물일 텐데 뭐."

프랭크가 그녀의 입을 틀어막고 속삭이듯이 말했다.

"위시드, 저들의 성질을 돋우지 마."

위시드가 엄청난 힘으로 그의 손을 뿌리치자 프랭크는 거의 뒤로 나자빠질 뻔했는데, 그 까닭은 두 번이나 무리를 한 바람에 기력이 다한 탓이었다. 누가 묻지도 않았음에도 불구하고 광대 B는 붓으로 페인트 통을 휘저으며 말했다.

"당신들은 우리를 살려 준 은인이야."

광대 A가 덧붙였다.

"암, 생명의 은인이지."

수호인들은 크라운 A와 B가 부담스러우리만치 자신들과 눈을 마주치고자 한다는 것을 느꼈다. 결국 어색한 분위기를 견디다 못한 시비어가 A에게 정확히 세 걸음 다가서서 말했다.

"저, 우리가 가야 할 길이 멀어서 하는 말인데, 인연이 닿으면 또 만날 거야. 우린 이만 가볼게."

"안 돼. 우리하고 얘기 좀 하다가 가."

A의 투정에 수호인들은 기겁을 하고 뒤로 물러섰다. 시비어는 소녀들을 돌아보면서 구원의 눈길을 보냈으나 플럭이 그녀의 등을 떠밀었다. 다시 A의 앞에 서게 된 시비어는 숨을 크게 들이쉬고 말했다.

"아니야. 이만 먼저 가보도록 하겠어."

시비어는 힘겹게 말하고 일행에게 어서 출발하자는 눈짓을 했다. 그들은 그녀의 긴장한 모습에 질렸다는 듯 혀를 내둘렀다.

"우리 얘기 더 듣고 싶지 않아?"

A는 빨간 입술을 삐죽 내밀면서 말했다. 그러나 수호인들은

어느새 저만치 뛰어가고 있었다. 플럭은 그들의 얘기를 듣고 싶은 마음이 굴뚝같았으나 자꾸 걸음을 재촉하는 동료들을 보며 아쉬운 마음을 접어야 했다. 그가 일행의 맨 뒤에서 간격을 둔 채 터벅터벅 걸어가는 모습을 코를 찡그리며 바라보던 A와 B는 짧은 다리로 순식간에 달려와 수호인들을 가로막았다.

"해가 옷을 갈아입으니까 예쁘지?"

크라운 B가 씩 웃으며 말하자 수호인들은 우뚝 걸음을 멈춘 채 광대들을 다시금 위아래로 훑어보았다. B는 더 만족스런 얼굴로 말을 이으려고 입을 벌렸으나 A가 그의 말을 가로챘다.

"이 붓으로 해를 꼼꼼히 칠하는 게 우리의 일이야."

크라운 A가 페인트 통에 반쯤 잠긴 붓을 꺼내들며 말하자 수호인들은 아연실색했다. A가 들고 있는 페인트 통에 꽉 차 있는 푸른 물감은 조금 전에 수호인들의 두려움의 대상이었던 태양의 색깔과 똑같았다. 수호인들은 다시금 크라운 A와 B에게 말로 다할 수 없는 공포를 느꼈다. 그러나 크라운들은 여전히 천진난만한 얼굴로 말했다.

"색칠놀이는 재미있어. 가서 함께 칠하자. 푸른 해, 붉은 해, 참 예쁘기도 하지. 아예 까맣게 덮어 버릴까? 어머 B! 그것도 좋겠다. 흐음."

A는 여자아이 같은 가냘픈 웃음소리를 흘리며 B에게 말했다.

"바보야, 까만색을 칠하면 헨리에게 혼나."

B가 A에게 면박을 주었다. 바이올렛의 팔을 붙들고 조르던 A의 손에 힘이 들어가자 멀뚱히 서 있던 바이올렛은 단호하게

그를 밀쳐냈다.

"웃음 크라운을 슬프게 하는 것도 죄악이야."

불편한 목소리로 중얼거리는 A의 뺨을 눈물방울이 덮었다.

9

"쿵!"

갑자기 브리자르 숲을 끼고 도는 냇물이 졸졸 흐르는 냇가가 지진이라도 난 듯 무서운 기세로 흔들렸다. 매더스 남매는 몸을 웅크렸다. 발발 떨던 진은 류에게 짜증 섞인 목소리로 말했다.

"오빠, 바보같이 정크주기였던 것도 몰랐던 거야?"

류는 웅크린 몸을 일으키며 동생에게 무어라 반박을 하려다 눈앞에 나타난 반갑지 못한 사내를 보고는 입을 꾹 다물었다.

"오랜만이야."

하늘에서 떨어진 사내는 무릎에 묻은 흙을 털며 말했다(냇가가 흔들린 것도 그가 떨어지면서 생긴 진동 때문이었다). 그는 연미복을 말끔하게 차려입은 신사였으나 구둣발 소리를 딱딱거리며 여기저기 돌아다니는 모습은 진지하고 근엄해 보이는 그의 얼굴과는 영 어울리지 않았다.

"헨리."

류가 나지막하게 그의 이름을 불렀다. 이름이 헨리인 사내는 크라운들의 마을인 *크런지*의 간부로 후르뎀 사람들과는 원수지간이었다. 헨리는 들고 있던 지팡이를 휘휘 돌리며 휘파람을 불었고 매더스 남매는 그 모습을 빤히 노려보았다.

"류 매더스, 진 매더스, 콜링의 절친한 친구들은 다 모였군 그래. 내가 여기 왜 왔는지 알고 있을 텐데."

헨리는 새머리가 달린 지팡이로 류의 가슴팍을 툭 치며 말했다. 진은 발끈하여 류의 앞에 나서며 말했다.

"글쎄, 우린 당신의 목적을 잘 모르겠는데."

헨리는 지팡이로 그녀의 머리를 톡톡 때리는 것으로 대답을 대신했다. 진이 화를 내며 그에게 달려들려 하자 헨리는 순식간에 류 매더스의 뒤로 가서 중얼거렸다.

"뗏목을 넘겨."

류는 뗏목 따윈 없노라고 발뺌했고 진도 그를 열심히 거들었다. 그러나 헨리는 요지부동이었다. 그는 지팡이의 새머리를 뒤로 젖혀서 뾰족한 날이 나오게 하더니 싸늘한 목소리로 말했다.

"내가 세상에서 제일 싫어하는 두 가지가 뭔지 알아? 첫째는 알지도 못하면서 사실인 양 떠벌리는 것이고, 두번째는 뻔히 알면서도 숨기기 위해 주절거리는 거야."

그는 가차없이 지팡이로 류를 후려쳤고 류는 앞으로 고꾸라졌다.

"제발 내가 위험한 짓을 안 하게 해줘. 난 착하게 살고 싶다고!"

그렇게 말하는 헨리는 싱글거리고 있었다. 허리에 손을 짚고 신음하고 있는 류의 옆에서 분통을 터뜨리던 진이 말했다.

"이런 식으로 나오면 곤란하지!"

진은 주머니 속에 든 나이프를 잽싸게 꺼내 헨리에게 던졌다. 그러나 쏜살같이 날아가는 나이프보다 헨리가 조금 더 빨랐다. 그는 옆으로 살짝 몸을 움직여 나이프를 피하더니 지팡이의 칼날 부분에 불을 붙였다. 그는 활활 타오르는 지팡이의 끝부분을 자랑스럽게 바라보며 성큼성큼 진에게 걸어가 그녀의 머리칼에 불을 갖다 댔다. 타는 소리와 함께 단백질 냄새가 코를 찔렀다.

"뭐하는 거야!"

진이 뒤로 물러나며 소리쳤다. 그녀의 짧은 머리카락이 아슬아슬하게 타들어가 얼굴을 위협하고 있었다.

"당신 미쳤지?"

진은 머리카락에 붙은 불씨를 손으로 황급히 끄고는 펄쩍 뛰어올라 헨리의 어깨를 걷어찼다. 헨리는 이번엔 피할 새도 없이 맥없이 뒤로 자빠졌고 진은 이때다 싶어 류에게 소리쳤다.

"뛰어!"

어깨를 얻어맞고 쓰러져 있는 헨리가 꿈틀거리며 일어날 기미를 보이자 그들은 뗏목이 있는 곳까지 급히 도망쳤다.

"어서 올라타!"

진은 류의 엉덩이를 밀어 그가 뗏목 위로 올라 타도록 했고, 그녀도 냉큼 뗏목으로 뛰어올랐다.

"로씨오 산으로, 서북 방향."

류는 삐거덕거리는 허리를 주무르며 뗏목에 대고 소리쳤다. 그의 명령에 맞추어 뗏목이 두둥실 떠오르더니 로씨오 산이 있는 서북 방향으로 향했다.

"빨리! 빨리! 헨리가 쫓아오고 있어."

"걱정하지 마. 그는 하늘을 날아다닐 정도의 굉장한 마법은 쓰지 못해."

불안해하는 진을 겨우 달랜 류는 뗏목에 바짝 엎드리며 덧붙였다.

"그자 때문에 수호인들한테 직접 찾아가는 꼴이 돼버렸어."

10

금 뗏목에 몸을 실은 진과 류는 한참을 날았다. 그리 상쾌하지 못한 바람이 그들의 얼굴을 때렸고, 진은 눈에서 찝찝한 눈물방울이 연거푸 흘러 내리자 류의 옷깃에 얼굴을 파묻었다. 아주 어렸을 때부터 길러진 본능적인 방어 습관 때문에 그녀의 두 손은 언제나 나이프를 쥔 모양새를 갖추고 있었다.

류가 이러쿵저러쿵 뗏목에 대고 명령을 하며 방향을 조정하는 사이, 진은 그의 등에 꼭 매달린 채 주위를 두리번거리며 비행거리를 가늠해 보았다. 그들이 날아온 거리는 비기윙즈를 탔을 경우에 이틀이나 걸리는 거리임에도 불구하고 금 뗏목은 초자연적인 빠른 속도를 자랑하며 진과 류를 단숨에 로씨오 산 어귀까지 데려다주었다.

로씨오 산 근처에 다다르자 공기는 더욱 탁해졌다. 껄끄러운 굵은 입자의 모래들과 알 수 없는 퀴퀴하고 희미한 가스 냄새가 뒤엉켜 코를 찔렀고 하늘은 불그레한 보랏빛을 띠는 것이

음산하기까지 했다. 갑자기 더운 바람이 그들을 덮치자 류는 기침을 내뱉으며 뗏목에 몸을 밀착시켰다. 진은 류의 굵은 목소리에 곧바로 반응하는 뗏목이 신기하고도 기특한지 황금 실을 조심스레 만져 보았다. 황금 실은 까칠까칠하면서도 섬세하게 빛났다. 황금 실로 엮어진 조직이 연한 통나무들은 가장 빠르게 날 수 있는 모습으로 끊임없이 모양을 바꾸었다.

뗏목의 꼬리 부분이 생선의 꼬리지느러미처럼 뾰족해지자 진은 하마터면 류를 놓치고 바닥으로 곤두박질칠 뻔했다. 진이 휘청거리자 류는 그녀의 옷자락을 붙잡아 간신히 뗏목 위로 끌어올렸다. 진은 심장이 덜컹 멈추는 것 같았다.

겨우 놀란 마음을 진정시킨 진이 류에게 물었다.

"벌써 떠나 버린 걸까? 그들의 걸음이 빠르다는 건 알고 있었지만."

"정크주기여서 크라운과 마주쳤을 거야, 아마."

"골치 아프군."

류의 추측에 진이 나지막이 말하자 류는 아까보다 더 험상궂은 얼굴을 하고 맞받아쳤다.

"그것보다도 폭동이 문제야. 이번 정크주기에 열렸던 회의에 참가한 내 친구의 말에 의하면 올해 역시 어느 한쪽도 절대 양보할 수 없다는 결론을 내렸대."

"양보? 전적으로 그들의 잘못인데 양보라니!"

진은 귀까지 빨개진 채 소리쳤다.

"이제부터는 누구의 잘못인지도 따질 수 없는 상황이 돼버렸어. 후르뎀 주민들만 중간에서 이래저래 치이는 거지."

"후르뎀! 우리 고향이잖아. 분하지도 않아?"

"분해. 화가 나서 못 견딜 정도야. 하지만 별 수 있어? 어차피 수적으로 밀리는 데다가 악의를 갖고 날뛰는데 당해낼 재간이 있겠어?"

말이 떨어지기 무섭게 그는 뗏목에 명령을 내리느라 분주하게 움직였고, 진은 한숨을 내쉬더니 확신에 찬 어조로 말했다.

"그렇다고 가만히 있는 건 고향 사람으로서 도리가 아니지. 수호인들을 찾는 데 열심을 다해야 해. 그게 지금으로선 최선의 방법이야."

류는 뗏목에게 지면에 바짝 닿으라는 명령을 내린 후 비장한 표정으로 진을 돌아보며 말했다.

"흠, 안 그래도 수호인들의 모습이 보이기 시작했어."

이윽고 뗏목은 자갈밭 위에 둔탁한 소리와 함께 내려앉았고 그들은 날쌘 동작으로 뛰어내렸다. 자갈밭 위에 올라선 그들은 윗도리에 잔뜩 묻은 모래를 털어냈다. 그들은 수호인들이 오는 길목에 버티고 있기로 했다. 진은 다소 상기된 표정이었고, 류는 담담한 척하려 애쓰는 모습이었다.

수호인들이 크라운들을 따돌려 도망치기까지는 단 몇 분도 걸리지 않았다. 성질을 억누르지 못한 시비어가 A를 발로 걷어 찬 것이다. 물론 그녀는 그 일을 저지르자마자 잔뜩 후회하며 곧장 앞만 보고 달리기 시작했다. 수호인들도 헐레벌떡 숨 돌릴 틈도 없이 그녀를 뒤쫓았다. 그들이 더욱 미친 듯이 달렸던 까닭은 발로 걷어차였음에도 불구하고 그들에게 생명의 은인이라며 고맙다는 말을 퍼붓는 크라운들의 모습이 묘한 공포를 불러일으켰기 때문이다.

"누구시죠?"

정신없이 달리던 시비어는 시야에 들어오는 두 남녀의 모습에 소스라치게 놀랐다. 그녀를 뒤따라오던 수호인들도 남매가 뗏목 옆에 서 있는 기묘한 모습을 보고 적잖이 당황했다. 시비어는 경계하는 눈초리였다. 잔뜩 긴장했는지 그녀의 경직된 두 어깨는 좀처럼 풀리지 않았다. 류는 그런 낌새를 알아차리고 얼른 품속에서 신문 한 부를 꺼냈다. 신문은 불그죽죽한 팥죽색이었고 꽤 두툼했다. 류는 그것을 시비어에게 던졌고 그녀는 그것을 아슬아슬하게 낚아챈 후 조심스레 1면에 눈길을 두었다.

"호외, 후르뎀 주민들의 공포의 대참사?"

시비어가 1면을 장식한 커다란 머릿기사를 읽어 내려가자 그들은 어느새 그녀를 빙 둘러쌌다. 신문의 내용은 이러했다.

호외. 후르뎀 주민들의 공포의 대참사, 유일한 목격자로부터 직접 전해들은 헨리의 단독 범행 의혹의 전말!

마법섬의 저명한 일간지 '소식'에서 독점 취재한 이틀 전 새벽에 발생한 기묘하고도 섬뜩한 사건의 정황. 5년 전 그 사건 이후 활동이 묘연했던 크라운들이 추위가 기승을 부리던 이틀 전 새벽 5시경, 일순간에 그 모습을 드러냈다. 정확한 시각은 5시 55분. 후르뎀 1구역(브리쟈르 숲을 낀 대규모 마을)으로부터 급히 서신이 왔고, 기동대와 각 성의 마녀들이 후르뎀으로 긴급 소집됐다. 그러나 그들이 마을에 도착했을 때는 이미 후르뎀 1구역의 온 주민이 참변을 당한 후였다. 손쓸 새도 없이 완전히 초토화 돼버린 그 현장에서도 살아남은 이가 있었으니, 바로 아직 중급과정을 수료중인 만 17세 소녀 콜링이었다. 사건이 일어난 지 꼭 하루 후, 보험회사의 꼭대기 층에서 그녀와 만남을 가졌다. 콜링은 보험회사로 달려가 마지막이자 유일한 목격자로서 증언했다. 우리는 여기서 콜링의 증언과 사건의 시작을 주목해야 한다.

신문은 아직 3면이 더 남았으나 시비어는 거칠게 확 덮어 버리며 남매에게 물었다.

"이걸 보여주는 이유가 뭐죠?"

그러나 멀뚱히 서 있던 진은 잡생각을 쫓느라 머리를 가볍게 흔들 뿐이었고 류는 시비어에게 대꾸조차 하지 않았다. 시비어가 발끈하며 그들에게 성큼 다가서자 진이 손에 들고 있던 새의 배를 꾹 눌렀다. 그러자 죽은 듯이 자고 있던 새의 주둥이로부터 유일한 목격자인 소녀의 부드럽고 옥구슬 굴러가는 듯한 목소리가 흘러나왔다.

「콜링입니다. 후르뎀 1구역 브리쟈르 숲 근처 냇물마을 34호 벽돌집에서 혼자 살고 있습니다. 그날도 여느 때와 같이 개울에 빗자루를 헹구며 눅눅한 새벽공기를 마시고 있는데 왠지 꺼림칙한 기분이 들어 얼른 집으로 돌아가던 길이었습니다. 집으로 가는

길이 전혀 먼 길이 아님에도 불구하고 그날따라 1시간이나 걸린 까닭은 땅이 발을 옭아매는 듯한 느낌 때문이었습니다. 아무리 비가 내려도 쉽사리 물러지지 않는 땅이 발걸음을 옮기기가 힘들 정도로 습해져서 결국에는 젖 먹던 힘을 다해 뛸 수밖에 없었습니다. 그 이상한 현상에 시달릴 즈음 반갑지 못한 이를 만났죠.」

지지직거리는 마찰음이 들린 후 후르뎀 1구역 참사 발견부의 팀장이라고 자기를 소개한 여자의 목소리가 흘러나왔다.

「그 반갑지 못한 이가 누구였죠?」

「헨리였습니다. 그가 무슨 일로 후르뎀까지 왔는지 그때 당시는 몰랐습니다. 어찌 되었든, 다시 그날의 이야기로 돌아가자면, 헨리는 매우 분주한 기색이었기 때문에 저를 보지 못한 것 같았습니다. 저는 안도하며 단숨에 달려서 집 근처까지 다다랐지요. 그때 짙은 회색 안개가 끼였습니다. 저는 겁을 먹고 빗자루를 내동댕이친 채로 달렸습니다. 그런데 한참을 달려도 시야가 어두워지며 같은 곳을 맴도는 느낌이 드는 것이 어쩐지 이상하다 싶어 주위를 둘러보니 그때까지 떠 있던 달과 별이 흔적도 없이 사라져 버리고 없었습니다. 남은 것은 칠흑 같은 어둠뿐이었죠.」

수첩에 바쁘게 휘갈겨 쓰는 펜의 서걱서걱하는 소리가 끊기더니 팀장의 목소리가 흘러나왔다.

「헨리를 만난 직후, 마을에 안개가 끼고 일순간에 깜깜해졌다는 말이죠?」

「예. 말 그대로예요. 저는 신발이 벗겨질 정도로 미친 듯이 달렸어요. 급기야 마을에 한 치 앞을 내다볼 수 없을 정도로 어둠이

짙게 깔리자 저는 울기 시작했습니다. 이상한 울음소리가 나왔죠. 마치 작은 동물의 비명 같은 꽥꽥거리는 울음소리를 내면서 뛰다가 문득 정신을 차려 보니 집 앞이었어요. 빗자루 따위가 없어진 것은 이제 문제가 되질 않았죠. 다만 오싹한 기운에 뒤를 돌아보았으나 역시 아무것도 없었습니다. 깜깜한 가운데에서 혹시나 헨리가 불쑥 어깨라도 잡을 것 같아 얼른 문을 열고 집으로 들어가 안도의 한숨을 내쉬었습니다.」

콜링이 게걸스럽게 물을 마시는 소리가 들렸다. 꿀꺽꿀꺽하는 소리가 끊기고 다시 부드러운 콜링의 목소리가 흘러나왔다.

「흙투성이가 된 맨발로 집에 들어간 저는 2층에 있는 방으로 올라가기 위해 실로 한참을 계단 위에서 부들부들 떨었습니다. 집에 깔린 어두컴컴한 기운에 먹혀 버릴 것만 같은 기분이었죠. 그렇게 이를 악물고 공포를 떨쳐내며 방에 들어갔고, 침대에 몸을 던졌습니다. 무서워서 한숨도 자지 못할 줄 알았지만 아시다시피 고급과정을 수료하기까지는 매우 빡빡한 일정이라 억지로 잠을 청했습니다. 버리고 온 빗자루를 생각하니 속이 답답하여 손으로 더듬어가며 한참을 헤매다 겨우 창문을 찾았습니다. 활짝 열어젖히니 시원한 바람이 불더군요. 게다가 영원히 가시지 않을 것만 같던 암흑도 걷혀서 눈이 확 뜨이는 것이었어요. 심호흡을 하고 긴장된 마음을 진정시킨 후 창문을 다시 닫으려는 찰나—」

팀원들의 침 삼키는 소리가 껄끄럽게 들렸다. 정확히 12초 후에 콜링의 증언이 이어졌다.

「음산한 공기를 타고 노래 소리가 흘러나왔어요. 구슬픈 피리

소리에 맞추어 생전 처음 들어보는 곡조의 노래가 나지막이 새어 나오고 있었습니다. 눈물을 왈칵 쏟을 것만 같은 쓸쓸한 감정을 주체하기 힘들어진 저는 창 밖을 내다본 후 숨이 멎을 뻔했습니다. 믿을 수 없는 광경이 펼쳐지고 있더군요」

다시 지지직거리는 불쾌한 소리와 함께 팀장의 목소리가 들렸다. 진이 들고 있는 참새 녹음기는 구형임이 틀림없었다.

「좀더 구체적으로 얘기해 주실 수 있습니까?」

「후르뎀 1구역의 모든 주민들이 그 노래에 맞추어 춤을 추며 검은 망토를 뒤집어 쓴 누군가를 뒤따르고 있었습니다. 아이 어른 할 것 없이 모두 넋을 잃은 사람처럼 덩실덩실 어깨춤을 추고 있었고, 심지어 어떤 무리는 바닥을 기면서 가고 있었습니다. 그 망토를 쓴 자를 뒤따르는 주민들의 행렬은 빠른 속도로 후르뎀 1구역부터 3구역까지 굽이쳐 흐르는 강에 도착했고 제가 손 쓸 겨를도 없이 마을 주민들은 깊은 강물에 차례로 몸을 던졌습니다. 강의 깊이가 매우 깊다는 건 누구나 알고 있었죠」

분노에 찬 팀장의 목소리가 흘러나왔다.

「콜링 양은 그들을 막지 않으셨단 말씀이십니까?」

「말씀드렸잖아요. 손쓸 겨를도 없었다고요. 제가 정신없이 그들에게 달려갔을 때는 이미 마지막 피해자인 피터가 몸을 던진 직후였어요. 아직도 피터의 뿌옇게 흐려진 눈동자가 기억납니다」

「아마도 검은 망토를 뒤집어쓴 이의 피리 소리로 인한 최면작용 때문이었겠죠. 콜링 양은 검은 망토를 쓴 그 누군가가 크라운들의 마을 크런지의 간부인 헨리라는 것을 확신하십니까?」

콜링은 조금도 망설이지 않고 대답했다.

「예. 확신합니다.」

쉴 새 없이 주둥이를 놀리던 참새가 다시 죽은 듯이 잠이 들자 진은 그녀의 빛나는 까만 눈동자로 수호인들을 둘러보았고 그들로 하여금 질문을 유도하는 표정이었으나 수호인들은 멀뚱히 서 있을 뿐이었다. 류는 그런 그들을 뗏목이 있는 곳으로 안내하려 했지만 수호인들은 그들이 서 있는 자리에서 꿈쩍도 하지 않았다. 결국 뗏목까지 그들을 이끈 것은 필리코니스였다.

"이 섬에서 일어나는 일은 우리보다 이 사람들이 더 잘 알고 있는 것은 분명해. 게다가 지금 우리에게도 딱히 해결책이 없으니 동행하는 게 좋을 것 같아."

필리코니스의 목소리는 확신에 차 있었고 결국 다른 수호인들도 남매와 동행하기로 합의했다. 류는 뗏목에 묻은 모래를 털어내며 말했다.

"이미 탈 수 있는 기회를 한 번 써버려서 돌아갈 때는 이걸 짊어지고 가야 해. 원래는 너희가 브리쟈르 숲까지 당도하면 함께 이것을 타고 크라운 마을까지 가려고 했는데 부득이한 사정으로 계획이 변경됐어."

뗏목을 요리조리 뜯어보던 수호인들은 얼른 어깨에 들쳐메고 자갈길을 걷기 시작했다. 끝이 없을 것만 같았던 길이 끝을 보이자 진은 수호인들을 돌아보며 말했다.

"모험은 이제부터 시작이야."

24

소문 속의 살인마 헨리를 찾아서

11

헨리는 구름 위에 우뚝 솟은 자신의 성에 순식간에 다다랐다. 폭탄이 쏟아져도 절대 무너지지 않을 것 같은 굳건한 성은 견고한 벽돌들로 켜켜이 둘러싸여 있었고, 뾰족한 첨탑 위에 달린 갈고리 표식만이 이 성이 헨리의 소유라는 사실을 사방에 알려주고 있었다.

무엇보다도 신기한 것은 이 성이 섬의 지면으로부터 약 300m 위에 낀 구름떼 위에 자리하고 있다는 것인데, 구름마을 건설 기념일이 150주년을 맞았다는 사실을 떠올려 보면 그리 놀라운 일도 아니었다.

헨리가 성문에 가까이 다가가자 문에 달린 청동으로 조각된 사자 모양의 손잡이가 꿈틀거리며 위협적으로 으르렁거렸다. 헨리는 자연스러운 몸짓으로 사자의 갈기를 쓰다듬었고 이내 굳게 잠겨 있던 문이 삐거덕하는 소리와 함께 활짝 열렸다. 헨리는 지팡이로 성안을 밝게 한 뒤 큰 홀을 가로질러 중앙에 덜

렁 놓여 있는 푹신한 소파에 쓰러지듯 앉았다. 그는 구둣발로 소리를 내기 시작했고 한참 동안이나 딱딱거리는 소리가 홀에 울려 퍼졌다. 규칙적으로 반복되던 소리가 심장의 고동소리처럼 점점 불규칙해졌다. 그는 무엇에 홀리기라도 한 것처럼 무서운 속도로 구둣발을 바닥에 맞부딪쳤다.

실로 한참이 지난 후에야 그는 가까스로 소파로부터 몸을 일으키며 기지개를 켰다. 그리고는 아무렇게나 집어던져 놓았던 지팡이를 다시 챙겨들고는 홀을 청소하기 시작했다. 홀의 양 벽에 다닥다닥 붙어 있는 장식장이며 선반 위에는 잡동사니들이 즐비하게 어질러져 있었다. 헨리는 이 성을 근 1주일간 비웠기 때문에 가구며 장식장에는 먼지가 뿌옇게 끼어 있었다. 그는 청소 동물을 소환해서 먼지를 털어내는 작업을 시작했다. 그가 지팡이로 휙 하고 둥근 모양을 그리자 펑 하는 소리와 함께 흰 수염이 가늘게 난 족제비 모양의 청소 동물이 그의 발치에 떨어졌다. 그것은 깨갱깨갱하며 그의 발 주위를 부산스럽게 돌아다녔고, 헨리는 그것의 꼬리를 덥석 움켜쥐어 사로잡았다. 그리고는 등에 난 거친 털을 결대로 몇 번 쓰다듬자 그것은 울부짖는 것을 멈추고 잠이 들었다.

헨리는 만족스런 표정으로 청소 동물의 꼬리로 온갖 먼지들을 털어냈다. 청소 동물의 분홍 꼬리는 순식간에 더러운 잿빛으로 변했으나 도자기며 금으로 만든 컵과 보석이 박혀 있는 쟁반들은 본래의 색을 되찾아 눈부신 광채를 뿜어냈다. 커튼이란 커튼은 모두 쳤음에도 불구하고 장식물들이 발하는 빛만으로도 성안이 환하게 밝아졌다. 헨리는 그 말쑥하고 잘생긴 얼굴을 수정으로 만든 해골에 비춰 보고는 의미심장한 미소를 지었다. 그는 지팡이로 한 번 건드리는 간단한 동작으로 청소 동물을 다시 근처 숲으로 돌려보낸 후 나선형 계단을 뚜벅뚜벅 올라갔다. 8층을 단숨에 올라간 그는 꼭대기 첨탑방에 도착했다.

첨탑방으로 연결된 짧은 복도 끄트머리에 선 그는 희미한 노랫소리에 귀를 바짝 기울였다. 걸음을 더 재촉하여 복도 맨 끝에 위치한 키 낮은 검은색 문이 달린 첨탑방 앞에 도착한 그는 크게 심호흡을 한 번 하고 방으로 들어갔다. 첨탑방은 매우 협소했다. 조그맣게 들리던 노랫소리는 이제 귓가에 쩌렁쩌렁 들릴 만큼 크게 울려 퍼졌다.

그가 준 약속은
점점 아름다워지고 싶은 사람의 욕망의 약속,
오늘도 달이 뜨면 노래하는 슬픈 나의 목소리는
이렇게 외친다.
껍데기를 얻었지만 놀라웠을 뿐, 기쁘진 않았다고—

"또 노래를 부르고 있었군요."

헨리가 외알 안경을 고쳐 쓰며 핀잔을 주자 구슬피 노래하던 여인은 깜짝 놀라 입을 꼭 다물었다. 그녀는 금발의 긴 머리를 빗질도 제대로 하지 않고 아무렇게나 내려뜨린 채 빨간 물감을 듬뿍 칠한 것 같은 새빨간 작은 입술을 삐죽였다. 그러나 헨리는 아랑곳하지 않고 방 안을 휘휘 둘러보았다.

사면이 칙칙한 검은색 벽지로 둘러싸여 마치 동굴과도 같은 그 방의 구석에는 커다란 침대를 중심으로 반쯤 열려서 옷이 아무렇게나 삐져나온 옷장과 고풍스럽고 길쭉한 화장대, 그리고 큰 거울 등이 차례로 자리하고 있었다.

활짝 핀 꽃 모양이 볼록볼록하게 조각된 마호가니 화장대 위에는 창문 크기만한 액자가 올려져 있었다. 액자 속에서 환하게 웃고 있는 주인공은 큼직큼직한 이목구비를 가진 노파로 은색으로 번쩍이는 머리카락을 자주색 모자 밑으로 길게 흘러내리도록 하고 있었다.

액자를 물끄러미 쳐다보던 헨리는 꽁꽁 묶여 있는 커튼을 풀고 창문을 열어 신선한 공기가 작은 방 안에 가득 차도록 했다. 방 안이 순식간에 햇빛으로 가득 차자 여인은 후닥닥 침대로 달려가 쓰러지듯 누우면서 이불을 머리끝까지 뒤집어쓰고 소리를 꽥 질렀다.

"이게 뭐하는 짓이야! 무례하기 짝이 없어!"

헨리는 헛기침을 하더니 여인에게 나무라는 말투로 말했다.

"이렇게 환기를 안 하면 성에 온통 무거운 기운이 가득 찬단 말이에요."

"정말 성가시게도. 나를 죽일 작정이야?"

여인은 여전히 이불을 뒤집어쓴 채 내뱉었고, 헨리는 입을 꾹 다문 험상궂은 얼굴이었다. 헨리가 다섯번째 창문을 열고 숨을 돌리려 하자 여인은 불평하기 시작했다.

"도대체 어딜 그렇게 싸돌아다녀? 난 요즘 산책 한번 못했단 말야."

"그것 참 잘된 일이군요. 요 근래 당신이 귀찮게 하지 않아서 얼마나 편했던지……."

"네가 그렇게 돌아다니는 동안 나는 이 넓은 성의 빨래며 청소며 온갖 자질구레한 일을 하느라 쉴 틈도 없었어!"

여인의 앙칼진 목소리는 이불에 부딪혀서 웅얼거리는 소리로 들렸다. 헨리는 기가 차다는 듯이 코웃음을 치며 대꾸했다.

"하! 그랬나요? 그런데 어째서 부엌에는 설거지거리가 산더미처럼 쌓여 있고 홀은 난장판이 되어 있죠?"

"어쨌거나 바깥 공기를 마시고 싶어 죽겠단 말야!"

헨리는 비아냥거렸고 여인은 뒤집어쓴 이불 속에서 버둥거리면서 소리쳤다.

"그러게 창문을 열라고 제가 몇 번이나 말했는데도……."

헨리는 여전히 무심한 태도로 말했다.

"바보야! 난 햇볕을 쬐면 안 되잖아!"

여인은 헐떡거리는 숨을 고른 후 한치의 떨림도 없이 조금은 악의에 찬 말을 내뱉었다.

"나쁜 짓만 일삼는 주제에……."

"적어도 허영심만 있는 당신보단 나아요."

헨리는 그렇게 말하고 나서 진심으로 후회했다. 그 때문인지 그는 애써 열어 놓았던 창문을 황급히 모두 닫고 커튼을 단단히 친 후 방을 빠져나가면서 중얼거렸다.

"오늘밤에는 산책할 수 있으니까 또 여기저기 기웃거리지 말고 얌전히 있어요."

여인은 뭐라고 또 불평을 늘어놓았으나 이미 헨리는 문을 닫고 나간 뒤였다. 여인은 찌푸렸던 얼굴을 가까스로 폈다. 인상을 찌푸릴 때마다 가늘어지는 눈매와 조금 길쭉한 코는 지적으로 보였지만 허리까지 오는 빛바랜 금색 머리는 신경이 쇠약한 그녀와 잘 어울렸다. 하지만 허리가 쏙 들어가도록 타이트하게 갖춰 입은 검은 드레스를 입은 우아한 자태는 꽃 중의 여왕, 장미와 견주어도 손색이 없을 정도로 아름다웠다. 마치 뾰족한 가시를 품고 있는 장미처럼 날카로운 말만 골라하는 여인의 이름 또한 '로즈'였다. 로즈는 그녀의 두드러지게 붉은 입술을 쉼 없이 깨물다가 다시 나지막하게 노래를 부르기 시작했다.

한편 헨리는 순식간에 2층으로 내려와 지팡이를 빙빙 돌리다 벽을 두 번 세게 쳤다. 그리고는 1층으로 내려가 이번에는 벽을 한 번 세게 친 후 홀로 잽싸게 빠져나왔다.

그가 홀의 바닥을 지팡이로 내려치자 홀의 바닥에 새겨진 13개의 꼭지점으로 이루어진 도형 모양의 조각이 빙글빙글 돌더니 서서히 공중으로 떠오르기 시작했다. 조각이 헨리의 눈높이까지 떠오르자 그는 가볍게 손뼉을 한 번 쳤다. 이내 5층에 있는 13개의 방문들이 큰 굉음소리와 함께 동시에 열렸고 방문이 활짝 열린 방들로부터 높고 낮은 음악소리와 누군가가 낄낄대는 소리와 우는 소리 같은 것들이 봇물 터지듯 흘러나왔다. 시끄럽고 무질서한 소리가 점점 더 커지자 헨리는 조각 위에 가뿐히 올라앉아 지팡이를 돌리며 휘파람을 불었다. 그는 여유롭게 휘파람을 불다가 말끔하게 차려입은 까만 연미복 안주머니에서 일간지 '소식'을 꺼냈다. 커다란 머릿기사가 한눈에 들어오자 그는 눈살을 찌푸렸다.

"보고 또 봐도 기가 차는군. 헨리의 단독 범행 의혹이라—"

그는 빠른 속도로 '소식'지를 처음부터 끝까지 단숨에 읽었다. 수십 번 반복해서 읽은 탓에 이미 너덜너덜해진 '소식'지의 1면에는 콜링의 사진이 실려 있었다.

"콜링, 넌 실수한 거야."

헨리는 외알 안경을 호주머니에 집어넣으며 중얼거렸다. 그는 신문을 차곡차곡 접으며 혼잣말을 이어나갔다.

"난 그곳에 가지 않았어."

"나도 알아."

헨리는 화들짝 놀라 뒤를 돌아보았다. 거기엔 로즈가 서 있었다. 그녀는 절뚝절뚝 걸으면서 날카로운 음성으로 말했다.

"그 신문 좀 버릴 수 없어? 바보같이 변명 한번 못하고 품속에 넣어 갖고 다닌 게 벌써 며칠째야? 정말이지 넌 멍청해. 크라운들이 너를 따르는 것도 우습고, 네가 이 성을 지키는 것도 우스워. 정말 모든 게 다 우습고 한심하다구."

헨리는 아무 말도 못한 채 그녀를 물끄러미 쳐다보았다. 1주일 동안 성을 비운 사이에 그녀의 팔뚝이며 다리는 부러질 정도로 말라 있었다. 그녀는 헨리가 걸터앉아 있는 조각까지 절뚝거리며 걸어갔다. 헨리가 '소식'지를 안주머니에 넣으며 다시 휘파람을 불기 시작하자 로즈는 그에게 버럭 화를 냈다.

"바보 같은 게 태평하긴!"

헨리는 그녀에게 능청맞게 답했다.

"이것 보세요. 이제 서로 얼굴 볼 날도 얼마 안 남았는데 우리 으르렁거리지 맙시다."

로즈는 말문이 막혔는지 코방귀를 뀌었다.

"그것 참 잘 말했어. 잊고 있었는데 말이야. 워낙 이 성에서 지긋지긋하게 살던 탓에 깜빡 잊고 있었어."

헨리는 더 이상 대꾸하지 않았다. 그는 그저 다시 휘파람을 불었다. 밝은 곡조의 멜로디는 묘하게도 구슬픈 곡조로 바뀌고 있었다. 로즈는 길쭉한 빗으로 엉킨 머리칼을 사정없이 빗으며 홀의 마룻바닥에 털썩 주저앉았다. 그녀의 까만 공단 드레스는 아무렇게나 구겨져 버렸지만 머리를 묶어서 이마까지 환하게 드러난 그녀의 얼굴은 빛이 났다. 그녀는 붉은 입술을 깨물면서 사자 문고리가 달린 대문을 뚫어져라 쳐다보았다.

헨리 역시 마찬가지로 대문을 응시하고 있었다. 13개의 방에서 흘러나오는 소리가 수그러들지 않을 기세로 왕왕 울려 퍼지는 가운데 헨리와 로즈의 기다림은 지루하게 계속되었다.

12

매더스 남매와 수호인 일행이 뗏목을 지고 꾸준히 걸어간 결과 그들은 가까스로 자갈밭을 벗어나 나무가 우거진 선선한 날

씨의 지역으로 접어들었다. 오랜 시간 동안 수호인들을 괴롭혔던 더위가 가시고 그늘이 생기자 수호인들은 가벼운 발걸음으로 남매의 뒤를 따랐다. 류는 이따금 뒤를 돌아보면서 수호인들이 잘 따라오고 있는지 살폈는데, 그 이유는 소녀들이 뗏목을 지고 걷는 것을 몹시 버거워했기 때문이다.

"조금만 더 가면 돼! 거의 다 왔어."

진이 카랑카랑하게 외친 덕분에 소년들은 기운을 낼 수 있었다. 걸으면 걸을수록 땀이 나는 것이 아니라 쌀쌀한 기운이 들어서 수호인들은 숲이 근처에 있다는 것을 느낄 수 있었다.

"조심해!"

갑자기 나타난 가파른 내리막길을 발견한 류가 다급하게 외쳤다. 그러나 미처 손 쓸 새도 없이 남매와 수호인 일행은 뗏목을 진 채로 데굴데굴 구르고 말았다. 미끌거리는 불투명한 액체로 뒤덮인 내리막은 기름칠을 한 것처럼 미끈거려서 데이피가 뗏목에 깔리자 남매는 재빨리 뗏목을 들어올려 그를 꺼냈다. 그러지 않았더라면 데이피는 꼼짝없이 질식했을 것이다. 경사면을 따라 천천히 흐르는 석유같이 새까만 액체는 여러 색으로 반사되는 불투명한 막이 덮인 고약한 물질이었다.

"뗏목부터 땅으로 밀어!"

진이 앙칼지게 소리치며 끈적끈적한 까만 액체로부터 뗏목을 밀었다. 뗏목이 밀려날수록 수호인들은 자빠지기 일쑤였다. 온몸이 땀으로 흠뻑 젖을 때까지 뗏목과 사투를 벌인 수호인들은 가까스로 뗏목을 안전한 평지에 내려놓을 수 있었다.

"죽는 줄 알았다!"

데이피가 풀밭 위에 벌렁 드러누우며 소리를 질렀다. 그는 머리부터 발끝까지 온통 오물 같은 액체를 뒤집어쓴 상태였고 다른 일행들도 마찬가지였다. 그들이 드러누움과 동시에 풀밭은 경사면으로부터 흐르던 검은 액체로 뒤덮였다. 액체가 꿀꿀거리는 이상한 소리를 내며 땅 속까지 스며들었고 매스꺼운 냄새가 풀밭 주변에 가득 찼다. 그 순간, 키 작은 잔디들이 무성히 돋아난 풀밭이 구불구불하게 요동치더니 이곳저곳에서 잔디들이 쑥쑥 솟아오르기 시작했다. 그 갑작스러운 현상 때문에 수호인들과 매더스 남매는 서로 몸을 부딪치며 중심을 잡지 못했다.

"대체 뭐지?"

시비어가 가까스로 붙잡은 뗏목에 몸을 의지하며 소리쳤으나 다른 일행들은 자기 몸 추스르기에 바빴다. 그들이 여기저기 데굴데굴 구르면서 신음하는 동안 살아 움직이는 풀포기 하나가 뗏목까지 통통거리며 뛰어왔다. 시비어는 그것을 보자마자 뗏목을 붙잡은 채 소리를 질렀고 일행은 일제히 풀포기를 쳐다보았다. 그것은 머리와 눈, 코, 입을 다 갖춘 하나의 작은 생물체였다.

초록색 잔디가 뾰족하게 돋은 어른 주먹만한 흙더미에는 동글동글하고 커다란 눈이 박혀 있었고 코로 보이는 큰 구멍 두 개가 나 있었다. 흙더미에 돋아 있는 4개의 뿌리는 마치 팔 다리처럼 유연하게 움직이고 있었다. 그것이 뿌리를 딱딱 부딪히는 순간 출렁거리던 땅이 잠잠해졌다.

"감히 나의 땅을 더럽히다니!"

잔디요정의 입에서 걸쭉한 목소리가 흘러나왔다. 그의 입은 흙더미를 대충 찢어놓은 모양새로 위아래로 움직일 때마다 자잘한 흙덩이들이 후두둑하고 떨어졌다.

"어? 잔디요정이잖아!"

매더스 남매가 동시에 외치자 잔디요정은 그 험상궂은 얼굴을 천천히 그들 쪽으로 돌리며 물었다.

"나를 아니?"

"거꾸로 흐르는 냇가를 지키는 요정 아닌가요?"

진이 대답했다.

"그런 귀찮은 짓을 할 리가 없잖냐! 그리고 냇가는 굳이 내가 지키지 않아도 잘만 흐르는걸."

잔디요정은 고개를 세차게 흔들며 대답했다. 덕분에 둔탁한 소리와 함께 흙덩이가 바닥으로 떨어졌다. 진은 그 모습을 호기심 어린 표정으로 요리조리 살펴보다가 류의 옆구리를 툭 치며 말했다.

"잔디요정을 직접 보게 되다니 멋져! 교과서에 나와 있는 난잡한 그림으로 보던 게 전부였는데."

"그러게. 생각했던 것보다 거친 느낌이야."

계속 흙먼지를 날리는 잔디요정을 보며 류가 대답했다.

"감히 나의 땅을 더럽히다니. 이 더러운 물들이 풍기는 냄새 때문에 땅이 숨을 못 쉬고 있잖아. 이 고약한 물들을 대체 어디서 끌어온 게냐?"

잔디요정은 뿌리를 휙휙 내저으며 호통쳤고 수호인들은 미안해하며 발을 동동 굴렀다.

"죄송해요. 하지만 이 물들은 우리가 끌어온 게 아니라 저 비탈길로부터 흘러온 거란 말예요. 게다가 저희도 이렇게 오물을 흠뻑 뒤집어썼는걸요."

데이피는 머리부터 발끝까지 끈적끈적하게 흘러내리는 오물을 가까스로 털어내며 꾸벅 사과했으나 잔디요정은 심술궂은 표정으로 끊임없이 화를 냈다. 그가 통통거리며 뛰어다닐 때마다 땅은 다시 출렁거렸고, 진은 그가 뛰는 것을 멈추기 위해 몸을 날려 그를 붙잡았다.

"이거 놓지 못해? 너는 보아하니 후르뎀 사람이지? 맞지?"

진의 손을 거칠게 떼어내며 잔디요정이 물었다.

"예. 그런데요?"

"에그, 아무짝에도 쓸모없는 애들 같으니라구. 너희들은 혼 좀 나야 해."

잔디요정은 혀를 끌끌 차며 못마땅한 표정을 지었다.

"저희가 이걸 다 치워 드릴까요?"

필리코니스가 조심스럽게 물었다.

"이 녀석아! 눈이 뒤통수에 달린 게냐? 그 오물들은 벌써 잔디군들이 다 먹어치웠잖아."

잔디요정은 소리를 버럭 지르며 필리코니스의 머리를 땅에 처박았다.

"흙들이 까맣게 물든 것 보이지?"

"예예, 보여요. 그러니까 손 좀 치워 주……."

필리코니스가 버둥거리며 부탁했으나 잔디요정은 그의 머리를 좀더 땅에 짓이겼다. 땅이 오물로 뒤덮여 물러진 탓에 필리코니스는 코까지 땅 속에 박히고 말았다. 그는 썩은 냄새를 맡음과 동시에 마른 기침소리를 내는 잔디군들의 신음 소리를 들었다. 필리코니스는 순간 미안한 마음이 들어 버둥거리는 몸에 힘을 풀었고 잔디요정은 그런 그를 순순히 놓아 주었다.

"콜록콜록."

가까스로 처박힌 얼굴을 땅 속에서부터 끄집어 낸 필리코니스는 계속 기침을 해댔고 수호인들은 그런 그를 둘러싸고 위로의 말을 건넸다.

"응? 위로 받아야 하는 쪽은 이쪽이란 말이다. 너희들 정말 구제불능이구먼."

잔디요정은 수호인들을 더욱더 못마땅하게 여기는 것 같았다. 그는 다리 역할을 하는 굵은 뿌리 두 가닥을 바닥에 쾅쾅 구르며 분노하더니 이내 이성을 되찾았다.

"뭐, 이미 그 오물들은 잔디군들이 먹어치웠으니 이 정도로 화내면 그만이지만, 거꾸로 흐르는 냇가를 가려 한다면 반드시 내가 내는 테스트를 거쳐 가야 해. 히히히."

"잔디요정의 테스트? 이건 정말 전설에서만 봐왔던 건데? 굉장해!"

진이 양손으로 입을 가리며 즐거워하는 동안 수호인들은 온몸에 뒤집어 쓴 까만 오물들을 제거하기 위해 프랭크의 도움을 구하고 있었다. 프랭크는 다 젖어 버린 옷소매에서 지팡이를 꺼내 작은 비구름을 하나 만들었는데, 그의 실력은 아직 더 개발해야 하는 단계였기 때문에 비구름은 겨우 커다란 솜사탕만했다. 금방이라도 비를 주룩주룩 쏟을 것 같은 기세의 까만 먹구름이 수호인들 위를 천천히 떠다니기 시작하자 프랭크는 손으로 딱 소리를 내고 주문을 외웠다.

"구르를로!"

쏴- 하는 소리와 함께 시원한 물줄기가 수호인들 위로 내리쳤고 물에 젖은 까마귀 같았던 그들은 금세 물에 씻겨 깨끗한 본래의 모습으로 돌아왔다. 어느새 매더스 남매도 비구름 밑으로 뛰어들어 오물을 씻어내고 있었다. 그런 그들의 모습을 흙먼지를 폴폴 날리며 바라보던 잔디요정은 적당히 하라며 호통치고는 잔디가 무성히 자란 자신의 머리카락을 뒤져 동그란 구모양의 수정을 꺼냈다. 수정이 발하는 푸르스름한 빛이 잔디밭위에 비추자 잔디들은 웅성거리며 꿈틀댔다. 그 소리에 놀란 수호인 일행은 오물 닦는 것을 멈추고 일제히 잔디요정이 꺼내들은 수정을 쳐다보았는데 그는 매우 심각한 표정을 짓고 있었다.

"이 수정은 진실한 사람만을 알아보는 수정이지. 너희들 중에 진실한 사람이 단 한 사람만 있어도 거꾸로 흐르는 냇가로 가는 길까지 안내해 주겠어. 그러나 너희들 중에서 진실한 사람이 단 한 명도 없다면 너희는 이 길을 지날 수 없다."

"이 수정이 어떻게 진실한 사람을 가려낼 수 있다는 거죠?"

시비어가 호기심에 찬 표정으로 물었다.

"곧 알게 될 거야. 조급한 녀석 같으니."

잔디요정은 퉁명스럽게 대꾸했다.

"설마 우리 중에 진실한 사람이 한 명도 없으리라고……. 더구나 수호인들이 7명이나 있는걸."

"하지만 좀 걱정되기도 해."

매더스 남매가 이러쿵저러쿵 대화를 나누는 한편 수호인들은 먼저 테스트를 해보라며 서로를 떠밀고 있었다. 결국 필리코니스가 제일 먼저 잔디요정의 수정 앞으로 나섰다. 잔디요정은 뿌리로 감싸들고 있던 수정을 필리코니스의 얼굴 앞에 내밀었고, 필리코니스는 수정이 발하는 빛 때문에 얼굴을 찌푸렸으나 꿋꿋이 수정과 마주했다.

"역시나. 너는 진실한 사람이 못 되는구나."

잔디요정이 걸걸한 목소리로 가엾다는 듯이 말하자 필리코니스는 영문을 모르겠다는 표정으로 수정을 바라보았다. 구 모양의 수정은 어느샌가 육각형으로 변해 있었고, 육각형 각각의 면에는 피를 흘리고 있는 늑대, 울고 있는 소년, 호화스러운 옷을 입고 있는 왕 등의 여러 모습이 움직이는 영상으로 비춰지고 있었다.

"어라? 이게 뭐지?"

늑대가 낑낑대는 소리가 소년의 우는 소리와 교차되어 불협화음을 만들어내자 필리코니스는 당황하며 수호인 일행을 돌아보았다.

"이봐, 너는 6가지의 다른 너를 품고 있잖냐. 탈락이야."

필리코니스는 여전히 영문을 모르겠다는 표정이었다. 다음은 시비어 차례였다.

"으이크 눈부셔."

시비어도 마찬가지로 수정에 얼굴을 갖다댄 순간 눈을 제대로 뜨지 못했다. 수호인들과 매더스 남매는 수정이 변화하는 모습을 조마조마하면서 주시했다.

"탈락."

시비어는 뒤로 물러나 눈을 번쩍 뜨고 잔디요정의 수정을 보았다. 수정은 육각형에서 삼각뿔로 변해 있었고 각 면에는 옆구리에 두툼한 책을 끼고 다른 사람들을 밟고 올라 서 있는 빨간 머리 소녀의 모습과 머리를 싹둑 자른 채 전기 기타를 메고 펄떡펄떡 뛰고 있는 소녀의 모습 등이 영상으로 비춰지고 있었다.

"어? 이거 정말 이상한데. 흥."

이렇게 코웃음치는 시비어의 얼굴은 이상하게도 붉게 달아올라 있었다. 그녀는 자신만의 비밀이 만천하에 드러난 것과 같은 창피함을 느꼈으나 일부러 투덜거리며 아무렇지도 않은 티를 내려 했다.

"탈락."

"탈락."

"탈락."

계속 이어지는 탈락 소리와 함께 수정은 삼각뿔에서 깨어진 하트 모양으로, 깨어진 하트 모양에서 정사각형으로 자유자재로 변하면서 수호인들을 낙심하게 만들었다.

"얘들아, 바이올렛의 수정 좀 봐. 무려 12각형이야."

위시드가 높은 목소리로 말하자 수호인 일행은 무거운 한숨을 내쉬었다.

“어이, 너는 비밀이 무척 많은 게로구나. 안타깝지만 제대로 탈락감이다.”

잔디요정은 아쉬워하는 척했지만 표정이 무척 밝았기 때문에 수호인들은 그를 꽤나 얄미워했다. 바이올렛을 끝으로 수호인들이 모두 탈락하자 매더스 남매는 긴장하기 시작했다.

“이제 2명밖에 남지 않은 건가?”

잔디요정은 구 모양으로 변한 수정을 던졌다 받았다하면서 느긋하게 말했다. 류는 잔뜩 긴장한 채 잔디요정에게로 나섰고, 잔디요정은 그에게 수정을 들이댔다.

“오, 제발.”

진은 양손을 맞잡고 간절한 마음으로 수정을 바라보았으나 수정은 순식간에 정육면체로 변했다.

“탈락.”

수호인들은 좌절했고 류 또한 무거운 발걸음을 진에게로 돌려서 그녀에게 씁쓸한 표정을 지어 보이고는 풀밭에 털썩 앉았다.

“마지막이로군!”

잔디요정은 명랑하게 소리쳤고 수호인들은 발을 동동 구르며 안타까워했다.

“후르뎀엔 진실한 사람이 드물지.”

잔디요정의 거침없는 말투에 마음이 상해 버린 진은 속으로 그 수정을 냅다 던져버리고픈 충동을 느꼈다. 그러나 차마 용기를 내지 못한 그녀가 눈을 질끈 감고 얼굴을 반대쪽으로 돌려버리자 잔디요정은 커다란 눈을 뒤룩뒤룩 굴리며 화를 버럭 냈다.

"용기 없기는!"

진은 한숨을 푹 쉬고는 투명한 수정과 얼굴을 마주했다. 그러나 진과 그녀의 일행 모두의 기대를 저버리고 수정은 위아래로 뾰족하게 모이는 칼날 같은 모양으로 변했다.

"하하하, 9명 모두 탈락이야. 안된 일이지만 테스트는 모두 불합격이니까 거꾸로 흐르는 냇가로 가는 길은 내가 봉쇄하겠어."

잔디요정은 노래까지 흥얼거리며 그 단단한 뿌리를 놀려 어디론가 잽싸게 사라졌다. 그 모습을 분한 얼굴로 노려보던 진은 뭔가 좋은 수가 떠올랐는지 요정에게로 냅다 달리기 시작했다. 뜀박질을 워낙 잘하는 그녀는 금세 잔디요정을 따라잡을 수 있었다.

"저기요!"

"으잉?"

진이 부르는 소리에 깜짝 놀라 옆을 돌아보던 잔디요정은 반대쪽에서 파고 들어온 진에게 수정을 빼앗기고 말았다. 워낙 순식간에 벌어진 일인지라 요정은 우두커니 넋을 놓고 서 있었고 진은 그 사이에 요정의 얼굴 앞으로 수정을 들이밀었다.

"이크!"

눈이 부신 요정은 눈꺼풀로 추정되는 흙으로 그의 왕방울만한 눈을 덮어 버렸다. 요정이 뿌리로 얼굴을 감싸며 괴로워하자 진은 수정을 그에게 더 가까이 갖다댔다. 수정은 천천히 변하기 시작했고, 마침내 구에서 쭈글쭈글한 타원형으로 그 모습을 바꿨다. 진은 시원하게 웃음을 터뜨리며 그에게 훈계조로 말했다.

"이것 보세요, 잔디요정님. 당신조차 진실의 수정 앞에서는 탈락자인 주제에 우리에게 길목을 조건으로 몰아세우다니 너무 불공평한 거 아닌가요?"

쭈글쭈글하게 변한 수정을 휘둥그레진 눈으로 쳐다보던 잔디요정은 아무 대답도 하지 못한 채 신음 소리만 냈고, 진은 그를 의기양양한 눈빛으로 내려다보았다. 그는 헛기침을 하고는 뿌리로 잔디를 긁적이며 멋쩍게 말했다.

"저, 나는 한 번도 내가 탈락할 것이라곤 생각해 보지 못했단 말이다. 그것 참 모를 일이야."

그의 말이 떨어지기 무섭게 진이 재빨리 물었다.

"그건 거꾸로 흐르는 냇가까지 가는 길을 틔워 주겠다는 말씀이신 거죠?"

골똘히 생각하던 잔디요정은 불만스런 목소리로 말했다.

"뭐, 굳이 말하자면 그거겠지."

진은 잔디요정에게 수정을 떠넘기고는 수호인 일행에게로 달려갔다. 수호인들은 그녀에게 사정을 듣고는 뛸 듯이 기뻐했다.

"우린 정말 낙담하고 있었어."

위시드는 안도의 한숨을 내쉬었다.

"시간이 없으니까 빨리 짐을 챙기자. 또 뗏목도 챙겨야 하고, 또……."

필리코니스는 기뻐할 겨를도 없이 일행에게 명령하느라 정신이 없었으나 그의 얼굴에는 만면의 미소가 떠올랐다.

"흠흠, 냉큼 뒤쫓아오라구."

연신 헛기침을 해대며 수호인 일행을 재촉하는 잔디요정의 표정은 어쩐지 홀가분해 보였다.

13

잔디요정은 수호인들과 매더스 남매를 데리고 미로 같은 길을 요리조리 빠져나갔다. 그들이 지쳐서 숨을 헉헉 내쉴 무렵 잔디요정은 사나운 목소리로 외쳤다.

"이제부터 뗏목을 바닥에 내려놓아도 좋아!"

일행은 동시에 뗏목을 바닥에 내려놓았다.

"그래, 좋았어. 이제 그건 내가 옮길 거다."

잔디요정은 씩씩하게 말하며 뗏목을 번쩍 들었다. 자신의 체구의 몇십 배가 돼 보이는 커다란 뗏목을 아무렇지도 않게 들고 앞장서는 그의 모습에 수호인 일행은 깜짝 놀랐다.

"땅이 축축해."

아까보다 훨씬 더 질어진 흙이 신발에 온통 묻어 버리자 위시드는 신경질적으로 말했다.

"어쩐지 주변 공기도 축축해진 것 같은데."

바이올렛도 말꼬리를 흐렸다. 묵묵히 듣고 있던 잔디요정은 버럭 목청을 돋우었다.

"바보들아, 여기가 바로 거꾸로 흐르는 냇가잖아."

"예?"

수호인들은 설레는 마음으로 주위를 둘러보았으나 주위에는 온통 질척한 흙탕뿐이었다. 그러나 이내 그들은 물이 콸콸 쏟아지는 소리를 들을 수 있었다.

"물소리잖아?"

매더스 남매는 물소리가 나는 곳을 향해 가벼운 발걸음으로 뛰어갔다. 무서운 속도로 달려가는 남매의 뒷모습이 점이 되어 사라지자 수호인들은 그들을 뒤쫓기 시작했고 이윽고 류의 쩌렁쩌렁한 목소리를 들을 수 있었다.

"거꾸로 흐르는 냇가야!"

수호인들과 잔디요정이 빠른 뜀박질로 뒤따라갔으나, 키 높이만큼이나 제멋대로 자란 풀들 때문에 매더스 남매의 모습은 찾을 수 없었다. 그러나 멀리서 들려오는 류의 목소리로 그들의 위치를 파악할 수 있었다. 얼핏 보면 그저 아주 작은 폭포로 여겨지는 평범한 냇가였지만 사실은 비범한 곳이었다. 무거운 우레와 같은 폭발적인 소리를 내며 물이 흐르고 있었는데, 위에서 아래로가 아닌 아래에서 위로 물이 솟구치고 있었다. 그 사실만으로도 수호인들에게 어마어마한 충격을 주기에 충분했다.

제일 앞장섰던 플럭은 한 손으로 입을 막고는 아무 말도 하지 못했고, 잔디요정은 그의 모습을 낄낄대며 웃음거리로 삼았다. 수호인들은 지금까지 알고 있던 중력의 법칙 따위의 모든 일반적이고 과학적인 상식들이 와장창 부서진 듯한 느낌에 아찔했다. 잔디요정은 흥분한 수호인들을 뒤로 하고 뗏목을 짊어진 채 매더스 남매를 찾아 높다란 풀들을 헤치며 달렸다.

"여기예요."

진이 중성적인, 그러나 미성인 약간 굵은 목소리로 외치자 잔디요정은 매더스 남매가 있는 곳을 단번에 찾았다. 매더스 남매는 거꾸로 흐르는 냇가의 중류쯤에 위치한 커다란 바위 앞에서 있었다.

"엄청 호들갑 떠는 모습들을 보고 있자니 우습더라니까."

잔디요정이 수호인들을 흉내 내며 낄낄대자 매더스 남매도 웃으며 조심스럽게 뗏목을 넘겨받았다. 매더스 남매가 뗏목을 물가까지 밀어 옮기는 동안 요정은 바위 위로 기어올라가 피리를 불었다. 피리소리가 구성지게 울려 퍼지자 길쭉길쭉한 풀밭사이로 멀리서부터 수호인들의 모습이 보이기 시작했다. 삭삭거리는 소리와 함께 풀들을 헤치고 수호인들이 냇가 앞 바위까지 도착하는 데는 꽤 많은 시간이 걸렸다. 매더스 남매는 뗏목을 띄우려는 시도를 함과 동시에 수호인들에게 말했다.

"이 뗏목을 타고 구름마을까지 갈 예정이니까 이리 와서 잽싸게 타야 해."

수호인들은 미처 대답할 겨를도 없이 뗏목 위로 후다닥 몸을 던졌고, 매더스 남매도 뗏목에 몸을 싣고 뗏목을 의지한 채 물살의 흐름을 주시했다. 무서운 속도로 솟구치는 물과 함께 뗏목도 위로 솟구치기 시작했다.

"무서워!"

수호인들은 너나 할 것 없이 죽어라 소리만 질러댔다.

"꼭 붙잡아야 해! 놓치지 말고!"

류가 다급하게 외쳤지만 수호인들은 이미 물을 잔뜩 마셨기 때문에 겨우 떨어지지 않을 만큼만 매달려 있었다. 특히 프랭크는 힘이 다 빠진 상태에서 하늘로 솟구치는 거센 물 속에서 버텨야 했으므로 여간 고역이 아니었다. 악조건이었으나 뗏목은 매더스 남매가 수호인들을 끌어 주고 붙잡아 주며 버틴 덕분에 지상으로부터 상당한 거리까지 올 수 있었다. 우여곡절 끝에 구름을 뚫고 흐르는 냇물을 따라 구름 위까지 올라온 일행은 안도의 한숨을 내쉬며 뿌옇게 안개 낀 물가에 뗏목을 대었다.

"이것 좀 봐. 구름 위를 걷고 있어."

위시드가 꾀꼬리 같은 목소리로 조잘댔다. 쌀 과자처럼 폭삭폭삭 주저앉는 동시에 끈적끈적하게 옭아매는 그것은 구름이었다. 솜사탕 같은 새하얀 색의 구름을 밟게 된 수호인들은 혹시라도 땅으로 곧장 떨어질까 두려워 조심스럽게 발걸음을 옮겼다. 그와 다르게 거침없이 걸어가는 매더스 남매의 발은 마치 단단한 아스팔트 길을 걸어가는 것처럼 구름 위에 안착되었다.

"구름마을이라는 것이 정말 있었단 말야?"

시비어가 그녀의 발에 사정없이 감기는 구름들을 떼어내느라 잔뜩 신경을 곤두세우며 묻자 진은 상쾌한 웃음을 터뜨리며 대답해 주었다.

"없으리란 법도 없잖아? 조금만 걷다 보면 내가 살던 곳이 나와. 먼저 크런지에 들러야 하긴 하지만……."

"크런지? 그건 또 뭐지?"

필리코니스가 질문하자 류는 침울한 표정으로 대꾸했다.

"크라운들의 마을이 크런지야. 후르뎀이 그 마을에 흡수된 지는 꽤 되었지."

진의 표정은 눈 깜짝할 새에 침울해졌다. 시비어는 그녀에게 바짝 다가서며 물었다.

"후르뎀은 네 고향인 거야? 그렇다면 네 고향은 어째서 크런지에 흡수되었어?"

"그건 정말 안 들어도 좋을 만큼 쓸데없는 얘기야."

그리고는 진은 입을 꾹 다물었다. 굳게 다문 입술만큼이나 마음도 꽁꽁 닫아 버린 것 같았다. 진의 대꾸를 끝으로 수호인과 매더스 남매간의 대화는 사라졌지만, 소년들은 구름에 대한 얘기를 이따금 주고받았다.

"구름 위를 걸을 수 있다고 생각했던 적은 한 번도 없었어."

필리코니스의 혼잣말에 플럭이 덧붙였다

"게다가 이렇게 끈끈하리라고는 더더욱……."

"어째서 류는 저렇게 맨땅을 걷듯이 걸어갈 수 있는 걸까?"

데이피는 류의 모습이 적잖이 신기했는지 그를 따라 사뿐사뿐 걸어보려 애썼지만 여전히 발이 푹푹 빠질 뿐이었다. 소년들의 대화도 끊기고 구름을 밟는 소리만 크게 들릴 무렵 매더스 남매와 수호인 일행은 반갑지 못한 팻말 하나를 발견했다. 팻말은 둥글게 솟은 아롱아롱한 무지개 위에 걸려 있었다. 무지개는 수호인 일행이 서 있는 구름과 그 건너편에 있는 회색 구름을 다리처럼 이어 주었는데, 빨간색과 파란색을 제외한 다섯 가지 색만이 어스름하게 빛나고 있었다. 네모로 각진 나무판자 위에 위협적인 글씨체로 써 있는 글의 내용은 이러했다.

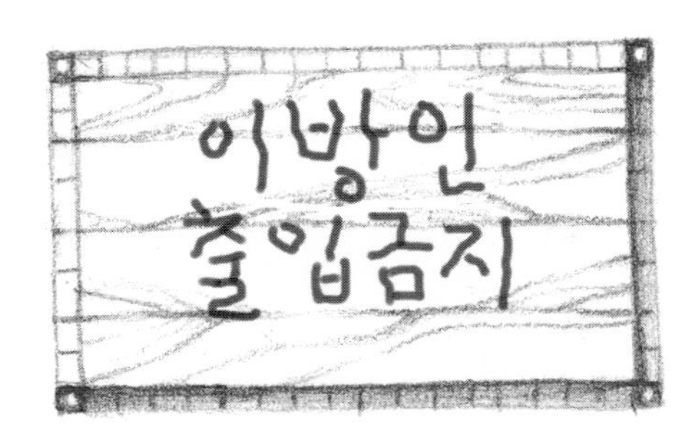

"어라? 그렇담 우리는 출입금지인가?"

매더스 남매는 데이피가 묻는 말에 아무런 대답도 하지 않은 채 막무가내로 무지개를 건너려 했다. 검은 부츠를 신은 진이 뾰족하고 큰 발을 무지개의 주홍색과 노랑색 빛의 경계선에 올려놓자 무지개가 순식간에 구름 속으로 자취를 감추었다.

"뭐지?"

진은 류를 돌아보며 물었으나 무지개가 모습을 감추자마자 구름 속에서부터 무언가가 튀어나오는 바람에 그녀는 소스라치게 놀라며 뒤로 넘어질 뻔했다.

"어? 너희들은 로씨오 산에서 마주쳤던……."

그들은 뻔뻔스럽게 프랭크의 말허리를 잘랐다.

"안녕."

"크라운 A와 B잖아."

필리코니스가 인사를 건네는 A와 B에게 삿대질하며 외치자 매더스 남매는 그들에 대해 꼬치꼬치 캐물었다. 필리코니스가 남매에게 로씨오 산에서 프랭크가 그들을 구했던 얘기를 장황하게 늘어놓는 동안 A와 B는 프랭크에게 안기며 말했다.

"생명의 은인을 또 만나게 되다니 크라운들은 기뻐."

크라운의 뺨에는 온통 기쁨이 줄줄 흘렀고 프랭크는 그들을 가까스로 떼어냈다. 그들은 프랭크에게 알아듣지 못하는 이상한 말들을 지껄이더니 무지개가 떠 있었던 자리로 쪼르르 달려갔다. 그들이 무지개가 있었던 자리 위에서 쿵쿵 뛰며 발을 구르자 무지개가 다시 봉긋이 솟아올랐고, 이번에는 동그란 빨간 해까지 무지개 위로 떠올랐다. 해가 타는 듯한 빨간 빛을 뿜어내는 바람에 매더스 남매의 얼굴은 홍당무처럼 보일 정도였다.

"너희들 좀 비켜 봐."

수호인들을 거칠게 밀친 것은 사람만한 분홍 달팽이였다. 달팽이는 쭉 찢어진 입을 통해 걸쭉한 목소리를 흘리며 수호인과 일행을 지나쳐 무지개에 다다랐다. 그러자 크라운 B는 기다렸다는 듯이 붓에 페인트를 듬뿍 묻혀 동그란 해를 파란 물감으로 칠하기 시작했다.

"착, 착."

찰진 소리를 내며 붓질을 열심히 해대는 B의 얼굴에는 땀이 송글송글 맺혔다. 이윽고 해가 검푸른 색으로 온통 칠해지자 무지개에 파란색 줄이 추가되었고 그와 동시에 무지개는 달팽이와 함께 구름 속으로 사라졌다. 한동안 울려 퍼진 악쓰는 소리는 분홍 달팽이의 것이었다.

"첨벙!"

악쓰는 소리가 그치자마자 물소리가 첨벙 하고 들린 까닭은 무지개와 함께 거꾸로 흐르는 냇가로 내동댕이쳐진 달팽이 때문이었다. 달팽이는 냇가로 곤두박질쳤으나 무지개는 순식간에 새로 하나가 또 생겼다. B가 처음 듣는 멜로디로 콧노래를 흥얼거리며 무지개 위에 걸터앉아 붓으로 페인트 통을 휘젓는 동안 A는 검푸른 색 태양 위에 새빨간 페인트를 묻힌 붓으로 꼼꼼히 덧칠하기 시작했다. 태양이 다시 빨간색으로 이글이글 타오르자 그 모습을 그저 넋이 나간 사람처럼 서서 바라보던 소녀들은 진에게 조심스럽게 말했다.

"저 크라운들은 왜 태양을 색칠하는 거지?"

"뭐라고? 크게 좀 말해 봐!"

진이 날카롭게 되묻는 바람에 시비어는 목소리를 목청껏 내지르고 말았다.

"저 크라운들은 무엇 때문에 태양을 색칠하는 거냐고!"

"우리는 구름마을의 입구를 지키는 일을 해. 바로 이 무지개를 이방인이 건너려 하면 마을을 지키는 태양을 파란색으로 칠해서 무지개와 함께 냇가로 떨어뜨리지."

시비어가 너무 큰 소리를 낸 탓인지 크라운 A는 모두 엿듣고는 진 대신 대답까지 해주었다.

"설마 우리도 아까 그 분홍 달팽이처럼 되는 건 아니겠지?"

프랭크가 떠듬떠듬 묻자 크라운의 눈물방울이 커졌다. 그들은 울먹이며 말했다.

"생명의 은인은 이방인이 아냐. 그래서 지나갈 수 있어."

프랭크는 크라운들에게 진심으로 고마워했고 매더스 남매는 A에게 득달같이 달려들어 물었다.

"우리는? 우리도 지나갈 수 있는 거야?"

"은인들의 일행이라면 당신들도 환영이야."

매더스 남매는 뛸 듯이 기뻐하며 무지개를 단숨에 건너 회색 구름에 도착했다. 시비어는 전에 크라운을 발로 찼던 일을 떠올리고는 무안했는지 뒤도 돌아보지 않고 무지개를 건넜다.

"그럼 또 만나."

묘한 목소리에 뒤를 돌아본 수호인 일행은 환하게 웃으며 붓자루를 쥔 손을 힘차게 흔들고 있는 A와 B에게 함께 손을 흔들어 주었다.

"빨리 빨리 따라와. 여기서부터는 크런지여서 자칫 방심하면 구름 밑으로 떨어지기 십상이야."

류가 뒤를 돌아보며 충고하자 데이피는 기다렸다는 듯이 물었다.

"저기 말이야. 어떻게 하면 그렇게 땅을 걷듯이 사뿐하게 걸을 수 있어?"

류는 확신에 찬 목소리로 대꾸했다.

"믿음을 가졌기 때문이지. 확신 없이 걸으면 구름이 발을 옭아매기 마련이야. 그러니까 걸음걸이 하나하나에 굳은 믿음을 가지고 신중히 발을 내디뎌야 돼."

"그렇구나."

감탄하는 데이피는 류의 말을 모두 이해한 것 같지는 않았다. 그러나 그는 크게 숨을 들이쉬고 천천히, 그리고 신중히 한 발 한 발 내디뎠고, 이내 류처럼 사뿐사뿐히 걸을 수 있게 되었다. 그들이 밟고 가는 구름은 어느덧 먹구름과 같은 잿빛으로 변해 있었다. 잿빛 구름 위에 넓게 둘러진 울타리가 보이자 매더스 남매는 목소리를 낮추며 말했다.

"여기부터 진짜 크런지야. 이 구역엔 '시련의 성' 외에는 아무것도 없지만 그래도 목소리를 조금 낮추는 게 좋아. 귀 밝은 크라운들이 달려들지도 모르니까."

"응."

수호인들은 다소 무거워진 발걸음을 울타리 안으로 옮겼다. 크런지 1구역의 한가운데에 우뚝 선 시련의 성문 앞에 다다른 매더스 남매와 수호인들은 저마다 긴장을 덜기 위해 애를 썼다. 주머니에 꽂은 나이프의 등을 매만지던 진은 사자 손잡이를 한 손에 움켜쥐었고 나머지 일행은 그 모습을 숨죽이며 바라보았다.

14

사자 손잡이가 꿈틀거리더니 울부짖는 소리를 내질렀다. 선잠을 자고 있던 로즈는 그 소리에 놀라 얼른 몸을 일으켰다. 순간 삐그덕 하는 소리와 함께 대문이 천천히 열렸고, 수호인 일행은 당당한 걸음걸이로 홀의 중앙까지 들어갔다. 헨리는 반가운 기색도, 그렇다고 꺼리는 기색도 아닌 덤덤한 모습이었다. 다만 쉬지 않고 불던 휘파람을 멈추었을 뿐이었다. 그는 13개의 꼭지점이 연결된 도형 모양의 조각에서 폴짝 뛰어내리며 말했다.

"후르뎀 사람은 이곳에 들어올 수 없어."

류와 진은 서로를 쳐다보았다. 헨리는 당황해하는 그들을 지팡이로 가리키며 차갑게 말했다.

"매더스 남매는 나가."

헨리가 지목한 류와 진은 순순히 성을 빠져나갔다. 거의 도망치듯이 빠져나가는 남매의 뒷모습을 본 수호인들은 눈이 휘둥그레졌다.

"일곱 명? 너무 많아. 한 방에 모두 들여보낼 수가 없잖아."

헨리는 골똘히 생각하더니 좋은 묘안이 떠올랐는지 구두로 딱딱 소리를 내며 말했다.

"나를 기준으로 여자들은 왼쪽으로, 남자들은 오른쪽으로 서."

헨리가 거침없이 명령하자 필리코니스는 최대한 용기를 내어 헨리에 매달리며 물었다.

"잠깐만요! 저희한테 뭘 시키려는 거죠?"

그러나 헨리는 관심 없다는 표정으로 일관하며 지팡이로 프랭크와 위시드를 가리킨 후 공중에 떠 있는 13각형 모양의 조각이 있는 홀의 중앙까지 그들을 데리고 갔다.

"내가 관리하는 이곳은 시련의 성인데, 여기서 나가려면 13개의 방들 중 무작위로 당첨된 두 개의 방에 들어갔다가 무사히 나와야 한다. 행운을 빌어줄 수는 없지만 건투하도록!"

조각 앞에 다다른 헨리는 프랭크에게는 빨간 구슬을, 위시드에게는 파란 구슬을 각각 하나씩 쥐어주었다. 그리고는 조각의 맨 꼭대기에 있는 홈에 구슬을 집어넣도록 했다. 프랭크와 위시드는 생각할 겨를도 없이 구슬들을 홈에 집어넣었다. 동그랗고 맨질맨질한 구슬들은 빠른 속도로 홈을 따라 굴러가기 시작했고 소년들은 손에 땀을 쥐며 그 모습을 지켜보았다. 마침내 빨간 구슬은 11번째 꼭지점에서 멈추었고 파란 구슬은 조금 더 굴러간 후 5번째 꼭지점에서 멈추었다. 구슬들이 멈춤과 동시에 꼭지점에 달린 금색 물체가 빙그르르 돌더니 바닥으로 떨어졌다. 헨리는 그것들을 주워 프랭크와 위시드에게 내밀었다. 그들은 손 위에 놓인 물건을 보고 미묘한 두려움을 느꼈다.

"열쇠?"

"5라고 찍힌 열쇠는 소녀들의 것이고, 11은 너희들 것이다. 무조건 이 번호의 방으로 가서 열쇠로 문을 열고 들어가도록. 그 이후의 모든 것은 너희에게 달렸어."

"아, 이런."

프랭크가 탄식하는 사이, 헨리는 로즈에게 무언가를 부탁했다. 그러자 그녀는 투덜대면서 소녀들을 끌고 나선형 계단을 올라갔다. 절뚝거리며 계단을 오르는 로즈의 깡마른 뒷모습을 물끄러미 바라보던 헨리는 소년들에게 어서 2층으로 올라가라며 눈짓을 했다.

부지런히 계단을 오른 소년들은 2층에서 소녀들을 만날 수 있었다. 시비어가 그들에게 손짓하지 않았더라면 소년들은 넓은 복도에서 길을 잃고 말았을 것이다. 프랭크는 소녀들에게 전속력으로 달려가 5번 열쇠를 주고 나서 이런저런 걱정 섞인 얘기를 하기 시작했다.

"들어가서 영영 못 나오면 어떡하지? 이 방 안에 머리 셋 달린 괴물이나 불구덩이가 있을지 누가 알아!"

위시드가 울상을 짓자 프랭크는 착잡한 심정을 감추고는 애써 태연하게 말했다.

"여기까지 왔는데 두려워할 거 없잖아."

위시드는 받아들일 수 없다는 듯 천천히 고개를 가로저었으나 프랭크는 이미 소녀들이 있는 곳으로 뛰어가고 있었고 시비어와 바이올렛은 열쇠를 막 자물쇠에 꽂고 있었다. 위시드는 소녀들을 말리려고 달려들었으나 눈을 부릅뜨고 그녀를 내려다보고 있는 로즈를 발견하고는 자신이 나서서 문을 열고 황급히 방 안으로 들어갔다.

"겨우 고집쟁이 여자 애들을 들여보냈네. 정말 귀찮아."

"매사를 그렇게 귀찮아하면 어떡해요?"

헨리는 어느새 로즈의 등뒤까지 바짝 다가와 있었다. 로즈는 그를 신경질적으로 밀쳐내면서 앙칼지게 되물었다.

"지금 들어간 저애들이 방에서 나오면 어떻게 되는지 알지? 로리스가 우릴 가만 두지 않을 거야."

"신경 써주는 건 고마운데 자꾸 찌푸리면서 말하면 미간에 주름 잡혀요."

헨리는 번쩍거리는 얇은 반지를 낀 검지로 로즈의 이마를 톡

톡 건드리며 말했다. 로즈는 흠칫 뒤로 물러서더니 공단 드레스를 털면서 말했다.

"쓸데없는 소리 좀 하지 마. 네가 그렇게 태평하게 구니까 멍청하다는 소릴 듣는 거야."

"나는 지금까지 당신 외에는 어느 누구에게도 멍청하다느니 바보 같다느니 비위에 거슬린다는 말을 들어본 적이 없어요."

그렇게 대꾸하는 헨리의 표정은 매우 진지했다.

"비위에 거슬린다고 했던 적은 없는 것 같은데."

"역시 기억을 못하는군요. 지난번에 식사하면서 식탁을 뒤엎을 기세로 말했잖아요. 또 산책할 때도 풀을 손톱으로 짓이기면서 말했고요. 또……."

헨리가 손가락까지 꼽으면서 옛날 일을 끄집어내자 로즈는 히스테릭하게 소리쳤다.

"넌 내가 했던 말을 모조리 기억하는 거냐? 질린다, 질려!"

그녀가 뒤도 돌아보지 않고 계단을 올라가 자신의 첨탑방으로 쏙 들어가 버리자 헨리는 씁쓸한 웃음을 지었다. 절뚝거리는 다리 때문에 전체적으로 기울어진 로즈의 뒷모습은 애처롭기까지 했다. 로즈는 작은 방 안으로 들어가 향수냄새가 코를 찌르는 푹신한 침대 위로 몸을 던졌다. 그녀의 공단 드레스가 구겨지는 소리가 크게 났지만 그녀는 곧바로 세상 모른 채 잠 속으로 빠져들었다.

25

뮤즈와 살아 있는 음표들

15

5번 방은 의외로 가볍게 열렸다. 안은 환하다 못해 눈부셨으며 매우 넓었다. 때 하나 묻지 않은 새하얀 색의 벽지와 발자국 하나 없는 눈 쌓인 시골길만큼이나 순백색의 바닥이 인상적이었다. 널찍한 방에는 가구나 장식물은커녕 티끌 하나도 보이지 않았으나 다만 한 가지 눈길을 끈 것은 마주보고 있는 벽에 정사각형 모양으로 뚫린 구멍이었다. 아찔하게 높이 솟은 천장을 올려다보던 소녀들은 그 구멍을 발견하고는 왠지 모를 불안감을 느꼈다. 쿵- 하는 소리와 함께 커다란 문이 아예 닫혀 버리자 위시드는 약간 들뜬 목소리로 시비어에게 말했다.

"아까 그 여자 이름이 로즈라고 했지? 어쩜 그리 예쁠까. 꼭 살아 있는 인형 같아. 목소리는 오한이 끼칠 정도로 싸늘하지만 얼굴은 마치 봄의 여신 같아."

"너 너무 단순한 거 아니야? 지금 우리한테 그 여자가 예쁜 것이 뭐가 중요해?"

"그렇지만 난 너무 부러워."

위시드는 말끝을 흐렸다. 그녀에게 무안을 준 바이올렛은 못 말리겠다는 표정으로 그녀를 내려다보았다. 위시드는 작은 체구에 오밀조밀하게 생긴 귀여운 소녀인데다 재치도 있고 영리했지만, 단 하나 아쉬운 점은 허영심이 많다는 것이었다.

세 명의 소녀가 이리저리 방을 둘러보며 이야기하고 있을 때, 정사각형의 구멍으로부터 깔깔거리며 누군가가 튀어나왔다. 시비어는 놀란 나머지 손가락질하며 소리쳤다.

"저길 봐! 구멍에서 뭔가가 나오고 있어."

구멍으로부터 튀어나온 것은 사람의 형상을 하고 있는 음악의 여신 뮤즈였다. 뮤즈의 까무잡잡한 흑갈색 피부는 하얀 방과 대조적으로 보였다. 뮤즈는 얼굴색과 비슷한 색의 긴 머리카락을 돌돌 말아 정수리에 고정시키고 그 위에 8분 음표 모양의 황금색 장식을 꽂고 있었다. 머리카락은 기름을 바른 것처럼 윤기가 흘렀고, 입술은 매혹적인 분홍색이었다. 풀로 만든 그네를 타고 있는 그녀는 야생마처럼 쭉 뻗은 긴 다리를 공중에서 구르며 천천히 몸을 이동시켜 소녀들에게 다가왔다. 그 모습은 젊고 활기찬 얼굴과는 다르게 매우 우아하게 보였다.

"시비어, 위시드, 바이올렛 셋 뿐이야?"

뮤즈는 새하얀 이가 드러나도록 환하게 웃었다. 소녀들은 뮤즈가 자신들의 이름을 모두 알고 있다는 사실에 놀랐지만, 화려하게 치장한 묘한 매력을 가진 그녀에게 압도되어 제대로 말조차 걸 수 없었다.

"여기가 무슨 방인지 알기나 하고 들어왔니?"

이번에도 소녀들은 대답하지 못했다. 뮤즈는 깔깔거리는 10대 소녀와 같은 웃음을 터뜨리며 다시 물었다.

"여긴 음악의 방이야. 아무래도 모르고 들어왔을 테지. 너희들 추첨식으로 방을 골랐지? 헨리는 원체 도박을 좋아하는 사람이라 아마 그랬을 거야."

계속 주눅 들어 있던 시비어가 갑자기 세차게 고개를 끄덕이며 열쇠를 보여주었다. 그러나 뮤즈는 열쇠에는 눈길조차 주지 않고 자기 얘기에 열중했다.

"난 음악의 여신 뮤즈야. 이 방에서 나가려면 내가 요구하는 것을 완벽히 완수해야 하는데 과연 너희가 해낼 수 있을까? 후후. 물론 너희를 우습게 보는 건 아니지만 내 테스트는 까다롭기로 유명하거든. 만약 테스트를 완수하지 못하면 출구는 자동으로 없어지고, 너희는 내가 거는 마법에 걸린 채 이 방을 영영 빠져나갈 수 없게 돼. 그러니 신중한 자세로 테스트에 임해야 한다. 어때, 무섭지만 스릴 있지 않니? 도전하는 자는 아름답고 용기 있는 자는 물러서지 않는 법이야. 자 이제 시작한다! 하나, 둘, 셋, 스플래쉬!"

뮤즈가 막무가내로 카운트다운을 외치자 하얀 바닥에 검고 폭이 좁은 줄이 생기기 시작했다. 검은 줄이 두 발자국만큼의 간격으로 5개가 그려지자 뮤즈는 우아하게 손뼉을 쳤고 그녀의 손뼉에 응답했는지 검은 줄은 더 이상 생기지 않았다.

"꼭 오선지 같네."

바이올렛이 중얼거리자 소녀들은 일제히 바닥을 내려다보았다. 바닥에 곧장 가로질러 난 검은 줄 다섯 개와 백지처럼 하얀 바닥의 조화는 악보를 그릴 때 쓰이는 오선지와 같았다.

"흠, 바이올렛은 멋진 소녀구나. 영감이 있는 소녀라 그런지 뭔가 달라."

뮤즈는 그저 겉치레 칭찬인지 아니면 마음속에서 우러나오는 말인지 구분할 수 없는 말을 했다.

"예민한 감성을 갖고 있다는 건 때때로 피곤한 일이지? 그럴 땐 음악을 들으면 한결 피로가 덜해진단다. 음악은 치료이자 자극이지."

뮤즈는 다시금 하얀 이를 드러내며 웃었다. 그녀는 온통 금색으로 칠한 번쩍번쩍한 긴 손톱으로 하프를 긁기 시작했다. 매끈하게 잘 빠진 검은색 상아로 만들어진 뮤즈의 하프는 마치 활처럼 유연한 모양을 띤 아름다운 악기로 25개의 줄이 단단히 고정되어 있었다. 그녀의 길쭉한 초콜릿 색 손가락이 한꺼번에 서너 개씩 줄을 튕길 때마다 황홀한 음악소리가 울려 퍼졌다. 썰렁하고 휑하던 하얀 방은 서서히 음악의 색으로 물들고 있었다.

하프 곡이 클라이맥스로 다다르자 벽에 난 정사각형 모양의 구멍으로부터 까만 음표들이 꼬물꼬물 기어 나오기 시작했다.

"저 살아서 움직이는 음표들은 뭐지?"

시비어가 목소리를 최대한 낮추고 묻자 위시드는 어깨를 으쓱하며 모르겠다는 표정을 지었다.

"테스트는 음표 요정들을 바닥에 그려진 오선지에 갖다 붙여서 악보를 만드는 거야."

뮤즈가 그네에 돋아나 있는 넙적한 꽃잎 위에 하프를 내려놓으며 말했다.

"여신님. 저흰 어떻게 하는지 몰라요."

위시드가 근심어린 표정으로 말했다.

"아까 내가 연주한 곡을 기억할 수 있지?"

뮤즈가 발을 힘차게 굴러 바닥에 그려진 오선지까지 미끄러져 오면서 묻자, 소녀들은 손을 휘저으며 난색을 표했다.

"잘 생각해 보면 기억날 거야. 그 곡을 지금부터 한 시간 동안 오선지에 옮겨서 악보를 완성하도록 해. 다 완성되면 내가 직접 그 악보를 보고 연주를 한 후 평가하겠어. 그럼 시작한다! 하나 둘 셋, 스플래쉬!"

카랑카랑하게 카운트다운을 외친 뮤즈는 윤기 나는 팔을 쭉 뻗어 세 소녀에게 축복의 손짓을 해주었다. 그녀를 태운 그네는 천천히 뒷걸음질쳐 네모난 구멍으로 사라졌다.

"으아, 어떡해!"

소녀들은 똑같이 머리를 감싸쥐며 소리쳤다.

"어? 까만 음표들이 마구잡이로 돌아다니고 있어."

위시드는 머리에 닿을 듯 말 듯 낮게 비행하는 음표 요정들이 내는 붕붕거리는 소리 때문에 귀를 막으며 말했다.

시비어와 바이올렛은 툴툴대며 오선지로 눈길을 돌렸다. 새하얀 바닥에 그려진 검은 다섯 줄의 왼쪽 가장자리에 높은음자리표와 #들이 까맣게 물들고 있었다.

"파, 도, 솔, 레 #이 모두 네 개네."

"바이올렛, 그게 문제가 아니잖아."

오선지로 성큼성큼 다가가는 바이올렛에게 핀잔을 주는 건 시비어였다. 그녀는 음악엔 영 소질이 없었기 때문에 긴 하프 곡을 한 번 듣고 악보에 옮긴다는 것은 다른 세계의 이야기처럼 여겨질 뿐이었다.

"4분의 2박자구나."

바이올렛이 침착한 목소리로 말했다. 그녀는 총 스물 네 마디로 나뉜 오선지를 뚫어져라 바라보더니 시비어에게 다급하게 소리쳤다.

"위시드! 8분 음표들을 잡아다 줘."

위시드는 풍성한 금발머리를 질끈 묶고 꼬리가 하나 달린 8분 음표를 잡기 위해 펄떡펄떡 뛰었다. 그러는 동안 바이올렛은 오선지의 빈 공간에 음이름을 적기 시작했다. 뮤즈가 연주한 하프 곡의 한 구절을 완성한 그녀는 멀뚱히 서 있는 시비어에게 고래고래 외쳤다.

"시비어! 넌 4분 음표를 가져다 줘야겠어."

명령을 받은 시비어는 바이올렛을 못 미더워했지만 결국은 4분 음표를 잡기 위해 위시드와 함께 방 안을 휘저을 수밖에 없었다.

"바이올렛! 음표들을 도저히 잡을 수 없어. 녀석들이 너무 잽싸서 잡을 수 없다구!"

위시드가 울 듯한 표정으로 수십 마리의 8분 음표를 엉덩이로 깔아뭉개며 말했다. 그녀의 엉덩이 밑에 깔린 꼬물거리는 음표 요정들은 그녀로부터 도망치기 위해 꽥꽥거리며 버둥거렸다.

시비어가 분주하게 뛰어다니며 4분 음표를 제법 모았을 무렵, 바이올렛은 마지막 마디의 음이름을 바닥에 적었다. 모두 24개 마디의 멜로디를 간신히 기억해낸 그녀는 시비어를 돌아보며 외쳤다.

"시비어! 2분 음표도 4개 정도 필요할 것 같아."

"알았어. 근데 너 연주곡을 기억하는 거야?"

"겨우 생각해 냈어."

바이올렛이 다급하게 말했다.

시비어는 옆구리에 4분 음표를 잔뜩 모아놓고는 멋대로 돌아다니는 동글동글한 2분 음표를 잡기 위해 동분서주했다.

"아, 벌써 시간이 조금밖에 안 남았어. "

시비어가 2분 음표들을 던지며 울먹이듯이 말했다.

"낮은 솔자리에 8분 음표, 낮은 도자리에 8분 음표, 도자리에 4분 음표."

"거기까지 한 마디야?"

"응."

바이올렛은 집중한 나머지 위시드의 질문에 건성으로 답했다.

"말 시키지 마. 멜로디를 잊어버리겠어."

"너 정말 대단해! 말이 안 나올 정도야. 정말 나로선 상상도 못할, 혹시 절대 음감이니?"

위시드가 입을 다물지 못한 채 말했다.

"게다가 #이 네 개나 붙었는데도 무슨 음인지 다 알고 있잖아. 절대 음감 맞구나."

"위시드, 시간이 거의 다 됐단 말야!"

위시드가 이러쿵저러쿵 자꾸 떠들어대자 시비어는 그녀의 입을 틀어막았다. 세 사람 모두 마지막 마디에 붙일 음표를 고르기 위해 눈동자를 이리저리 굴렸다. 바이올렛이 마지막 마디에 붙일 2분 음표를 가지러 엉금엉금 기어갔으나 2분 음표는 손에 잘 잡히지 않았다.

"마지막 마디는 2분 음표 시!"

바이올렛이 다급하게 외쳤을 때, 갑자기 뮤즈가 어디선가 나타나 얼굴 가득 미소를 지은 채 말했다.

"아마 쉽지 않을걸? 너희들을 구해 주려고 했지만 할 수 없게 됐어. 쯧쯧, 이걸 어쩐다. 시간이 벌써 다 됐으니……."

시간은 겨우 1분만을 남겨놓고 있었다.

"어떡해. 2분 음표가 도저히 안 잡혀요."

세 사람은 동시에 2분 음표를 잡으려고 있는 힘을 다해 뛰었다. 바이올렛은 그 와중에 잡아놓은 요정들이 제각기 움직이는 바람에 하나하나 낚아채어 올바른 자리에 꽁꽁 붙여놓느라 애를 먹었다.

"이제 그만둬. 시간이 다 됐다."

뮤즈의 냉정한 목소리가 울려나왔을 때, 세 사람은 절망 반, 희망 반으로 2분 음표를 잡으려고 이리 뛰고 저리 뛰었다.

그때, 가까스로 바이올렛의 손에 2분 음표가 잡혔다. 그녀는 손에 꽉 움켜 쥔 2분 음표를 과장된 몸짓으로 마지막 마디의 시 자리에 던졌다. 주먹만한 2분 음표가 또르르 굴러 시에 박히자 바닥에 그려진 악보가 꿈틀거리더니 바닥에서 튀어나와 소녀들과 정면으로 마주했다.

"휴~"

연주곡을 겨우 완성하고 나자, 세 사람은 모두 기진맥진하여 탈진한 상태로 주저앉았다.

"용케도, 정말 용케도 해냈구나."

뮤즈가 세로로 서 있는 거대한 악보를 내려다보며 느릿느릿 감탄의 목소리를 뽑아냈다. 그 우아한 음악의 여신은 그네에 앉은 채 악보를 보며 하프를 튕겼고, 소녀들은 그 황홀한 광경에 매료되어 멜로디를 흥얼거렸다. 하프로부터 흘러나오는 아름다운 멜로디는 처음 뮤즈가 연주한 곡과 똑같았다. 열중하며 연주하던 뮤즈는 마지막 마디에서 하프 줄을 세게 퉁기고는 그네에서 폴짝 뛰어내렸다.

"놀랍다. 음정과 박자 모두 한 치의 오차도 없이 딱 맞아 떨어졌어. 솔직히 기대하지 않았었는데 말야. 특히 바이올렛이 수고 많았다. 자, 너희들은 이제 이 방에 있을 필요가 없어, 문을 열어줄게."

뮤즈는 소녀들에게 윙크를 하면서 문을 열기 위해 주문을 외웠다.

"하나, 둘, 스플래쉬!"

음표 요정들이 작별 인사를 하기 위해 꽥꽥거렸다. 소녀들은 너무 지쳐 있었지만 마음만은 홀가분하게 뮤즈가 연주했던 곡을 흥얼거리며 음악의 방을 빠져나왔다.

16

매더스 남매는 시련의 성에서 도망치듯 빠져 나와 후르뎀 1구역이 위치한 북동쪽으로 향했다. 중간에 류가 넘어져서 한 번 쉰 것을 제외하고는 여러 개의 냇물과 숲을 지나 1구역에 도착할 때까지 그들은 쉼없이 달렸다. '후르뎀 1구역'이라고 써 있는 팻말이 달린 뾰족뾰족한 울타리가 둘러진 마을 어귀에 다다른 그들은 잠시 숨을 돌렸다.

"난 여기만 오면 눈물부터 난다니까."

진이 빨개진 코끝을 찡그리며 말하자 류도 고개를 끄덕였다. 그들은 잠깐 쉬고 난 뒤 다시 뛰기 시작했다. 후르뎀 1구역의 풍경은 몹시도 을씨년스러웠다. 가게와 저택들의 부서진 잔해들만이 쩍쩍 갈라진 땅 위에 널브러져 있었다. 자주 다녔던 옷

가게의 간판이 두 동강 나 있는 것을 발견한 류는 오싹한 기분에 발걸음을 재촉했다.

건물의 잔해들을 헤쳐가며 마을을 헤매던 그들은 아담한 2층 집을 발견했다. 황무지로 변한 후르뎀 1구역에서 유일하게 멀쩡한 모습을 유지하고 있는 건물이었다. 그들은 반갑게 소리쳤다.

"찾았다!"

그들은 요란한 발자국 소리를 내며 대문을 열어 젖혔다. 2층 집의 내부는 매우 더러웠으며 고약한 냄새로 가득했다. 천장엔 온통 거미줄로 뒤덮여 있었고 먹고 남은 음식 찌꺼기와 그릇들이 아무렇게나 바닥이며 싱크대에 나뒹굴고 있었으며 의자와 식탁은 여기저기 긁힌 채로 뒤집히고 부러진 채로 넘어져 있었다. 환하게 웃으며 문을 연 류와 진의 얼굴은 비참하게 일그러졌다. 류가 식탁을 일으키는 동안, 진은 삐걱거리는 나무 계단을 두 칸씩 오르며 젖 먹던 힘을 다해 친구의 이름을 불렀다.

"콜링, 콜링! 우리 왔어."

"진 매더스?"

2층 방에서 콜링의 괄괄한 목소리가 흘러나왔고 진은 너무 기쁜 나머지 노크도 하지 않고 문을 벌컥 열었다. 그러나 빵빵한 풍선처럼 터질 듯 부풀었던 진의 들뜬 마음은 단숨에 와르르 무너지고 말았다.

"콜링, 왜 그러고 있어?"

도둑이 들쑤셔놓은 것처럼 정신없이 어질러져 있는 방 한 가운데 콜링이 주저앉아 울고 있었다. 진은 그녀를 부축하며 다짜

고짜 물었다.

"콜링, 왜 울고 있냐구."

"오, 진. 나 이제 눈, 눈이!"

콜링은 말을 잇지 못할 정도로 펑펑 눈물만 흘렸다.

"눈이 어쨌다구?"

진은 불안한 마음에 자꾸 재촉했다.

"눈, 눈이 끅. 그러니까 끅. 앞이, 앞이 보이질 않아."

콜링은 힘겹게 말하고는 진을 끌어안고 폭포수 같은 눈물을 흘렸다. 진은 그런 그녀에게 더 이상 아무것도 묻지 않고 등을 토닥여 주었다. 그때, 문이 덜커덩 열리고 먼지를 뒤집어쓴 류가 들어왔다. 그는 어질러진 1층을 대충 정리하고 왔다면서 이마에 흐르는 땀을 닦았다. 그러다가 1층보다 더 심하게 어질러진 방 안을 보고는 소스라치게 놀랐다.

"도대체 뭘 어쨌길래 집이 이 꼴이 된 거야?"

"오빠, 쉿."

진이 손가락을 입에 갖다대며 속삭이자 류는 또다시 눈치 없이 물었다.

"응? 무슨 일이야? 왜 그러고 있는 거야?"

류는 부둥켜안고 있는 두 소녀에게 달려들어 따지듯이 물었다. 콜링은 가까스로 울음을 멈추고 편안한 자세로 침대에 걸터앉았다. 물론 그녀가 침대에 앉기까지는 남매의 도움이 필요했다. 류가 착잡한 심정을 감추고 콜링의 방을 치워 주는 동안 진은 콜링에게서 그간의 사정을 들을 수 있었다.

"그 사건 이후로 1구역 사람들이 모두 죽고 나서 나는 외톨이가 되었잖아. 물론 너희들은 학교를 졸업한 지 오래지만 나는 고급 과정 때문에 학교에 남아 있었기 때문에 학교에서도 난 혼자였어. 정확히 말하면 2구역, 3구역에서 온 학생들도 200여 명 가까이 되었지만 1구역은 나 혼자뿐이잖아. 게다가 우리 1구역은 다른 두 구역과는 철저히 사이가 나쁜 탓에 더더욱 외톨이였지. 사건 이틀 후 증언을 하고 학교에 과제물을 가지러 잠깐 들렀는데 로리스와 마주쳤어."

"그 나쁜 교수?"

"응. 네가 죽도록 싫어하던 그 교수 말야. 그에게 가볍게 인사한 후 '진이 혐오하는 사람이다. 왠지, 나도 싫어' 하는 생각을 하며 지나치는데 그에게서 낯익은 향수 냄새가 났어. 분명히 흔하지 않은, 아니 태어나서 두번째로 맡아 보는 냄새였어."

"계속 말해 봐."

진은 자신을 수정구슬에 가두었던 로리스 교수를 떠올리고는 치를 떨었다.

"곰곰이 생각해 보니 대참사가 있던 날 밤, 내가 헨리라고 생각했던 사람에게서 나던 냄새였어."

콜링의 말이 끝나자마자 진은 벌떡 일어나 바닥이 꺼질 정도로 발을 구르며 분노했고 류는 그녀의 흥분을 가라앉히기 위해 무던히 애썼다. 그녀는 심호흡을 열댓 번 정도 한 후 다시 침대에 앉았다. 그녀가 콜링의 손을 다정히 잡아 주자 콜링은 다시 울기 시작했다. 그 구슬픈 울음소리가 멈추질 않자 진은 콜링을 부드럽게 달랬다.

"끅끅, 그때 너희들과 상의를 하고 행동했어야 했는데 끅, 내가 어리석었어. 그 향수 냄새를 기억해 내자마자 득달같이 로리스의 교수실로 찾아가 그에게 이렇게 물어보고 말았던 거야. '당신이 대참사의 주동자인가요?' "

"오, 콜링. 그 다음은 안 봐도 비디오다. 로리스가 너의 눈을 멀게 만들었지?"

진의 섣부른 추측에 콜링은 고개를 가로저었다.

"그렇담 대체 누가 널 이렇게 만든 거야?"

"내가 그에게 대참사의 주동자냐고 물었더니 그는 주스나 마시며 천천히 얘기하자고 하더군. 그래서 그 주스를 덥석 받아 마셨더니 눈이 흐릿해지다가 하루가 지나고 나니 아예 앞이 보이질 않는 거야."

콜링이 울음을 삼키며 말을 끝맺자 진은 콜링의 뒷목을 잡으며 버럭 소리를 질렀다.

"이 바보야, 네 말대로라면 그 자가 네 눈을 멀게 한 거잖아."

진이 대뜸 화를 내자 콜링은 겁먹은 강아지처럼 바들바들 떨며 초점 없는 눈을 여기저기 굴렸다. 진은 속이 까맣게 탈 지경이었다.

"집은 어쩌다 이렇게 됐어?"

전혀 책망하는 목소리가 아니었으나 콜링은 움찔 놀라서 풀죽은 목소리로 대답했다.

"아, 앞이 안 보여서 여기저기 부, 부딪히고, 깨지고, 구르고 해서 집안 꼴이 말이 아닐 거야. 하다못해 캔 하나도 제대로 딸 수가 없으니 불편해서 하루도 못 살겠더라구."

진은 콜링을 꼭 껴안아 주며 한숨을 내쉬었다. 진의 쌍꺼풀 없는 커다란 두 눈으로부터 눈물방울이 하나 둘씩 떨어지자 콜링은 조심스럽게 진에게 부탁 하나를 했다.

"그래서 하는 말인데, 눈이 이렇게 된 이후로 바깥에 한 번도 나가질 못했거든? 바깥바람을 쐬고 싶어."

실로 간절한 부탁이었다. 진은 두말없이 그녀를 부축해서 방을 빠져 나왔다. 방에 있던 온갖 쓰레기와 부서진 물건들의 잔해를 버리고 계단을 올라오다 그들과 마주친 류 매더스는 쓰레받기를 내던지고 진과 함께 콜링을 부축했다. 콜링은 이따금 벅찬 숨을 몰아쉬긴 했지만 순식간에 쉽게 집 바깥으로 나올 수 있었다. 그녀는 시원한 공기를 들이마시고는 작은 소리로 웃기 시작했다.

"며칠 전만 해도 후르뎀의 공기가 이렇게 맑다는 걸 알지 못했었어."

"괜히 즐거운 척 안 해도 돼. 어디 가고 싶은 데 있어?"

진은 일부러 퉁명스레 대꾸했다. 그녀는 콜링을 끌어안고 엉엉 울고 싶은 마음을 간신히 억눌렀다.

콜링은 조금의 주저함 없이 단호하게 말했다.

"분노의 물가에 가고 싶어."

콜링의 부탁에 류는 미간을 살짝 찡그렸다. 그녀는 분노의 물가에는 두 번 다시 가지 않겠다고 다짐했으나 유일한 도립학교

동기이자 가장 친한 친구의 부탁이어서 아무 말도 못한 채 분노의 물가 쪽으로 발걸음을 옮겼다. 그들이 낑낑대며 콜링을 부축하자 콜링은 스스로 걷겠다며 고집을 부렸다.

막무가내로 남매의 부축하는 손을 뿌리치는 콜링은 거의 필사적인 몸짓으로 걷기 시작했다. 지팡이나 의지할 막대기조차 없이 맨몸으로 걸어가던 그녀는 열 걸음 남짓 걸었을 때 돌부리에 걸려 앞으로 고꾸라지고 말았다.

"콜링!"

진은 넘어진 그녀를 부축하기 위해 헐레벌떡 달려갔으나 콜링은 한사코 그녀의 손길을 거절했다. 한참 동안 낑낑대다가 겨우 몸을 일으킨 콜링은 절뚝거리는 다리를 움직여 한 발자국씩 나아가기 시작했고 매더스 남매는 그 모습을 입술을 질끈 깨물고 바라보는 수밖에 없었다. 눈 먼 콜링을 아슬아슬하게 앞장세운 채 몇 시간을 걸어가던 그들은 드디어 분노의 물가에 도착했다. 졸졸 소리와 함께 굽이쳐 흐르는 냇물은 보통 냇물과는 달랐다.

"따지고 보면, 이 모든 일이 후르뎀 1구역 사람들 때문에 일어난 거야."

콜링은 초점 없는 흐릿한 눈으로 물가가 아닌 건너편 바위를 응시하며 말했다. 그녀는 헛기침을 하더니 진에게 참새 녹음기를 꺼내달라고 말했다. 진이 호주머니에서 부리가 축 늘어진 녹음기를 꺼내어 콜링의 손 위에 올려놓자 그녀는 그것을 서툰 손놀림으로 만져보더니 살며시 입꼬리를 올렸다. 그리고는 가까스로 전원을 켠 후 녹음을 시작했다.

"아아아아, 하나 둘 셋, 하나 둘 셋. 첫번째로 녹음하는 이것은 시련의 성의 주인이자 크런지의 간부인 헨리에게 보내는 편지입니다. 우선 대참사의 범인을 당신이라고 지목했던 것에 대해 사과합니다. 내가 당신이라고 믿었던 사람은 변장한 로리스였어요. 당신이 근 1주일 간 살인죄라는 누명을 쓰고 여기저기 도망 다녔다는 소식을 들었습니다. 일이 이렇게 된 건 제 실수이기도 하지만 어쩌면 우리 모두가 희생자라고 해도 될 만큼 피해가 여러 군데에 미쳤어요. 조만간에 오해를 밝히기 위해 후르뎀 1구역 대참사 발견부에 2차 증언을 하러 갈 생각입니다. 죄송했습니다."

류는 팔짱을 낀 채 석고상처럼 서 있었다. 그는 콜링이 헨리에게 사과를 한다는 사실이 불쾌했는지 얼굴을 찡그렸다.

"음, 두번째로 녹음하는 것은 구름마을까지 훌륭히 와주었고 지금은 시련의 성에서 머물고 있을 수호인 7명에게 당부하는 말입니다. '소식'지를 통해 후르뎀 1구역에서 일어난 대참사에 대해서 알고 있겠죠?"

진은 새의 부리를 꾹 닫으며 그녀의 녹음에 끼어들었다.

"응, 우리가 벌써 그애들에게 보여줬어."

콜링은 알아듣겠다는 손 동작을 한 후 진이 닫아 놓은 새 부리를 열었다.

"'소식'지만으로는 후르뎀과 크런지의 미묘한 관계에 대한 해답을 찾을 수 없어. 그러므로 지금부터 내가 시작하는 이야기를 잘 들어야만 해. 5년 전 킥워드가 봉인된 이후의 두 마을에 얽힌 이야기야."

이번엔 류가 새 부리를 거칠게 닫았다.

"그 얘긴 굳이 할 필요 없잖아?"

"지금 그들은 왜곡된 사실만 알고 있는 게 분명해. 나라도 나서서 진실을 알려줘야지."

콜링은 단호하게 말한 후 진지한 표정으로 녹음기를 다시 입에 갖다대었다. 하지만 류는 그녀로부터 녹음기를 빼앗아 자신의 가방 밑바닥에 처넣으며 말했다.

"굳이 그들에게 얘기를 해주고 싶으면 내가 대신 전해 줄게. 너 지금 무지 힘들잖아."

그의 말대로 콜링은 식은땀을 흘리고 있었는데 한눈에 봐도 심신이 몹시 지쳐 있다는 것을 알 수 있었다.

"확실히 눈이 안 보인 이후로 건강도 나빠지는 걸 느껴."

콜링은 다시 울음을 터뜨릴 것 같은 표정을 지었다.

"그러니까 내가 전해 주겠다는 거야. 서 있기도 힘들어 보이는데 이제 집으로 돌아가자."

류가 차분하게 설득하자 콜링은 고개를 끄덕이고는 그에게 쓰러지듯이 기대었다. 진도 달려들어 류와 함께 콜링을 부축했다. 매더스 남매의 도움을 받은 콜링은 빠른 속도로 걸을 정도로 다리의 힘이 회복되었다.

2층집에 도착하자 류와 진의 표정은 그와 헤어져야 한다는 생각에 다시 어두워졌다.

"오늘 찾아와 줘서 정말 반가웠어. 모처럼의 외출도 그렇고, 너희 목소리를 들은 것만 해도 즐거웠어."

콜링은 기쁨에 찬 표정으로 말했고 진은 고개를 세차게 끄덕였다.

"또 보자. 아무리 여행이 즐겁더라도 꼭 다시 돌아와야 해? 알았지?"

콜링은 작별인사를 건넸다. 그녀의 초점 없는 눈빛은 여전히 진과 류에게서 비껴 있었지만 양손을 흔들며 활짝 웃는 그녀의 표정은 더할나위없이 즐거워 보였다. 진과 류는 그녀의 볼에 입을 맞추고는 시련의 성으로 돌아가기 위해 발걸음을 돌렸다. 콜링은 남매의 발자국 소리가 완전히 사라질 때까지 문 바깥에 기대서서 손을 흔들었다. 그녀는 더듬더듬 손으로 짚어가며 집으로 천천히 들어갔다. 집 안에서 풍기던 퀴퀴한 냄새를 기억하고 이맛살을 찌푸리며 문을 연 콜링은 상쾌한 공기가 코를 간지럽히자 깜짝 놀랐다.

"웬일일까?"

그녀는 이내 유난히 깔끔 떠는 류를 떠올리고는 슬며시 미소를 지었다. 그러나 그런 좋은 기분은 오래가질 않았다. 그녀는 2층 방으로 가기 위해 조심스럽게 발걸음을 옮기다 키 작은 의자에 다리를 정통으로 부딪치고는 중심을 잃은 채 식탁의 모서리로 고꾸라지고 말았다. 우당탕 하는 소리와 함께 나뒹굴고 만 콜링은 이를 악물고 일어났다.

"이놈의 의자를 갖다 버리든지 해야지."

콜링은 중얼중얼 불평을 늘어놓다가 이번에는 사과를 밟는 바람에 뒤로 나자빠졌다. 덕분에 나무로 땜질한 마룻바닥은 여기저기 부서지고 무너져 내렸다.

"아이쿠! 죽을 것만 같아."

콜링은 소리 내어 엉엉 울고 싶은 마음이 솟구쳤지만 이번에도 역시 이를 악물고 버텨냈다. 우여곡절 끝에 계단까지 이른 그녀는 난간에 의지한 채로 한 칸씩 발걸음을 옮겼다.

"무섭지 않아. 전혀 무섭지 않아."

사실 그녀는 계단을 오를 때가 가장 무서웠고, 중간까지 올랐을 때면 심장이 멎는 듯한 공포를 느끼곤 했다.

"그렇지. 잘하고 있어 콜링."

그녀는 자기 자신을 격려하면서 한 걸음씩 신중히 내딛은 덕에 2층 방에 무사히 도착했고, 가쁜 숨을 몰아쉬며 방으로 들어가 침대 위에 벌렁 드러누웠다. 방은 비좁았기 때문에 그녀는 어디에 어떤 물건이 있는지 대충 파악하고 있었다.

"앞이 안보이니까 어때? 살 만해?"

"누, 누구야!"

낯선 남자의 목소리를 들은 콜링은 용수철 튀어 오르듯 벌떡 일어나 소리쳤다. 이내 낯선 목소리는 낯익은 소리로 바뀌어 콜링의 귓전을 때렸다.

"내 목소리를 기억 못하다니."

"로리스?"

콜링은 심장이 터질 것만 같았다. 그녀는 사시나무처럼 후들

거리는 두 다리를 애써 진정시키며 바락바락 소리를 질렀다.

"당신이 왜 여기에 있지? 썩 나가지 못해?"

로리스 교수는 아무런 대꾸도 하지 않고 그녀를 향해 손가락을 움직였다. 그러자 콜링은 검지만한 사람으로 변해서 로리스의 손바닥 위에 올려지고 말았다. 로리스는 음흉한 웃음을 흘리며 콜링을 주머니에 넣고 2층 창가에서 곧장 바닥으로 뛰어내렸다. 콜링은 그의 주머니 속에서 버둥거리며 울부짖었으나 로리스는 아랑곳하지 않고 날개 달린 말의 머리를 자신의 저택이 있는 남쪽으로 돌렸다. 검지만하게 작아진 콜링은 한참을 주머니 속에서 울며 발버둥치다가 지친 채 잠들었다. 한참 동안 말을 조정하는 데에만 열중하던 로리스는 비열한 웃음소리를 흘리며 중얼거렸다.

"이걸로 미끼를 확보한 것인가?"

17

콜링이 로리스에게 납치당해 그의 집으로 끌려가는 동안 매더스 남매는 시련의 성에 가기 위해 정신없이 내달렸다. 그들은 하늘이 어둑어둑해질 무렵 성에 당도했다. 진은 사자 문고리를 잡으려다 이내 손을 떨구었다.

"그애들이 방에서 못 빠져 나왔으면 어떡하지?"

진은 기어들어갈 것 같은 목소리로 말했고 류는 그럴 리 없다며 큰소리쳤지만 불안해하기는 마찬가지였다. 마침내 류가 결심한 듯 사자 문고리를 잡고 두 번 돌리자 큰 대문은 스르르 열렸다. 남매는 홀 중앙에 있는 13각형 조각까지 터벅터벅 걸어갔지만 헨리와 로즈를 찾을 수는 없었다.

"딸그락 딸그락."

홀에서 몇 발자국 떨어진 부엌에서 들리는 소리는 그릇이 부딪히는 소리였다. 매더스 남매는 그 소리를 듣고 단숨에 부엌 쪽으로 다가갔다. 부엌에선 진풍경이 벌어지고 있었다.

"저것 좀 봐."

부엌에 딸린 조그만 식당에서는 만찬이 벌어지고 있었는데, 준비하는 사람 하나 없이 그릇들이 스스로 부엌에서부터 식당까지 음식이 담겨진 채로 날아가 식탁 위에 차려지고 있었다. 식탁에 앉아 왁자지껄 떠들고 있는 수호인들은 매더스 남매를 발견하고는 어서 이쪽으로 오라며 손짓했다. 소년들의 얼굴엔 검댕 같은 것과 색색의 물감이 잔뜩 칠해져 있었고 소녀들의 머리는 새둥지처럼 제멋대로 헝클어져 있었으나 다들 수저와 포크를 양손에 쥐고 신나게 떠들고 있었다.

매더스 남매는 그들 위로 쏜살같이 날아다니는 그릇들을 요령껏 피하면서 식탁에 앉으며 물었다.

"웬 식사야?"

진의 표정은 심하게 일그러져 있었고, 그녀의 옆자리에 앉은 프랭크는 그 모습에 깜짝 놀랐으나 태연하게 답했다.

"우리도 모르겠어. 단지 쪽지를 보고 온 것뿐이야."

"쪽지라니?"

이번엔 류가 물었다. 그도 진과 마찬가지로 몹시 화가 난 얼굴이었다.

"우리가 방에서 빠져나와 모두 홀에 모였었거든. 그래서 기뻐하고 있는데 프랭크가 12각형 모양의 커다란 도형에 붙어 있는… 참, 12각형 맞아?"

데이피는 바로 맞은편에 앉아 있는 프랭크에게 물었고, 그는 13각형이라고 친절히 고쳐 주었다.

"그 13각형 조각에 붙어 있는 쪽지를 보고 주방으로 왔더니 이렇게 훌륭한 음식들이 날아다니고 있더라구."

데이피의 얼굴은 즐거움으로 반짝반짝 빛났다. 그의 식탐은 실로 대단했는데, 오죽하면 날고 있는 접시 위에 있는 통닭을 먹기 위해 펄쩍펄쩍 뛰어오르다가 반대편에서 날아오는 나무 컵에 머리를 부딪치는 바람에 다른 아이들에게 놀림을 받기까지 했었다.

"진짜 우스워 죽는 줄 알았어. 데이피와 부딪친 컵이 '아파! 아파!' 하면서 소리를 내지르는데 어찌나 놀랐는지."

플럭은 데이피가 나무 컵과 부딪혀 나뒹군 얘기를 다시 화제로 삼아 말했다. 그는 나무 컵이 아파하던 모습을 흉내 냈고 수호인들은 너나할 것 없이 식당이 떠나가라 웃었다. 그러나 매더스 남매의 표정은 좀처럼 밝아지지 않았다. 남매가 저승사자처럼 입을 꾹 다문 채 오도카니 앉아 있자, 필리코니스는 그들을 주시하다가 조심스럽게 말을 건넸다.

"무슨 안 좋은 일이라도 있어?"

"응."

류는 거침없이 대답했고 필리코니스는 덩달아 침울해진 목소리로 되물었다.

"무엇 때문에?"

그러나 류 매더스는 고개만 가로저을 뿐이었다. 그의 맞은편에 앉은 진은 금방이라도 눈물을 쏟을 것 같은 얼굴을 하고 책상 위에 손으로 무언가를 쓰고 있었다. 그 모습을 보고 있자니 몹시 안타까운 마음이 들어 맞은편에서 시끄럽게 떠들던 수호인들도 그들을 걱정하기 시작했다. 그러나 매더스 남매는 아무런 말을 하지 않았고, 수호인들은 우울해하는 그들을 위해 목소리를 낮추었다.

달그락거리며 날아다니던 접시들이 모두 식탁 위에 올려지고 물과 음료가 담긴 나무 컵들도 9명의 손님 앞에 각각 놓여지자 식당 뒷문이 딸깍 열리며 헨리와 로즈가 들어왔다. 구둣발을 덮을 만큼 길던 까만 공단 드레스를 벗고 무릎까지 오는 검은 원피스로 갈아입은 로즈의 모습은 훨씬 어려 보였다. 그녀의 옆에 삐딱하게 서 있던 헨리는 불편한 표정으로 헛기침을 하더니 식탁에 앉아 있는 모든 이들을 향해 마음껏 먹으라는 말을 외쳤다. 맨 구석자리에 음침하게 앉아 씩씩거리며 화를 내던 매더스 남매는 벌떡 일어나 소리쳤다.

"가식적이게도! 이런 자리를 만들다니. 우리가 당신하고 식사 따위를 할 리가 없잖아!"

매더스 남매가 퍼붓는 거친 말에도 불구하고 헨리는 지팡이를 돌리며 냅킨을 가지러 분주하게 왔다갔다 할 뿐이었고, 로즈는 그녀 특유의 예민한 표정으로 자신의 좌석에 앉으며 투덜댔다. 그녀가 팽 하고 코를 풀자 소녀들은 그녀에게로 시선을 집중했고, 위시드는 놀란 토끼처럼 눈을 동그랗게 뜨면서 소리를 질렀다.

"로즈의 얼굴이 변했어!"

위시드는 자기가 한 말에 자기가 놀란 나머지 손에 들고 있던 포크를 떨어뜨릴 뻔했고, 덩달아 양 옆에 앉아 있던 시비어와 바이올렛도 깜짝 놀라 물컵을 팔꿈치로 쳐서 엎지르는 등 부산을 떨었다.

"흥."

코웃음을 치며 다시 코를 풀려고 냅킨을 집어든 로즈의 얼굴은 확실히 변해 있었다. 그녀는 크런지의 간부 헨리와 함께 사는 미모의 '아가씨' 로즈가 아닌 신경질적인 '소녀' 로즈로 변해 있었다. 조금 처진 눈망울, 통통하게 살이 오른 두 뺨 등 여러모로 얼굴이 앳되 보이는 로즈는 말투만은 그대로였다.

"왜 그렇게 소란을 피우는 거야. 무슨 구경났어? 흥."

그녀는 코를 푼 냅킨을 쓰레기통에 버리러 가면서 수호인들을 이따금씩 돌아보며 중얼거렸고, 느닷없이 욕을 먹은 그들은 할 말을 잃은 채 그녀를 바라보았다. 끊임없이 중얼중얼 불평을 늘어놓는 로즈의 입술은 여전히 피처럼 붉었다.

그녀가 짧은 원피스에 달린 장식을 손으로 톡톡 튕기며 생각에 잠겨 있는 동안 어느샌가 헨리가 그녀의 옆자리이자 식탁의 제일 상석인 커다랗고 높은 의자에 앉아 식사를 하기 시작했다. 수호인들도 아무 말 없이 덩달아 음식을 먹어치웠다. 매더스 남매만이 계속 불편한 표정으로 그들이 식사하는 모습을 노려보았기 때문에 분위기가 한층 험악해졌다.

"쩝쩝."

나이를 거꾸로 먹었는지 갑자기 앳되진 로즈에 대한 궁금증 때문에 먹을 것조차 눈에 들어오지 않는 수호인들이었지만, 방에서 탈출하는 데에 온 힘을 쏟은 탓에 진공청소기처럼 음식물을 빨아들였다. 음식을 씹는 소리와 포크와 접시가 부딪히는 딸그락거리는 소리만이 간간이 울려 퍼지는 조용한 식사 분위기가 한동안 지속되자 진은 더 이상 못 참겠다는 듯이 자리에서 벌떡 일어났다.

"우린 밖에서 기다릴게. 불쾌해서 더 이상은 앉아 있지 못하겠어."

진이 가시 있는 말을 하자 수호인들은 일제히 식사를 멈추었다. 반면에 헨리는 끊임없이 입 속에 콩이며 야채들을 쓸어 넣으며 태연하게 대꾸했다.

"나도 불쾌한 건 마찬가지니까 유난떨 거 없어. 어차피 이 성은 너희들이 못 들어오는 곳이니 나가고 싶으면 나가도 좋아."

진은 길길이 날뛰고 싶었으나 그런 마음을 최대한 억누르며 식당을 빠져나갔고 류도 엉거주춤 일어나 그녀를 뒤따랐다. 꽝 하는 소리와 함께 문이 닫히자 헨리는 고기를 썰면서 혼잣말을 늘어놓았다.

"아무도 초대한 적 없는데 스스로 들어와서는 성질만 내다가 나가는 건 뭐야. 정말 후르뎀 1구역 사람들만 보면 역겹다니까."

하지만 그의 말에 아무도 대꾸하는 사람이 없자 헨리는 머쓱해했다.

"아, 어쩐지 고기 맛이 떨어진 느낌이야. 그애들 때문에."

헨리는 투덜대면서 나이프로 썰던 고깃덩이를 큰 접시에 올려놓고는 냅킨으로 입가를 닦으며 말했다.

"그럼 난 이만."

그는 유유히 식당을 빠져나갔고 순식간에 사라진 그의 빈자리를 바라보던 프랭크는 플럭에게 뭐라고 귓속말을 건넸다. 당장이라도 깨질 것 같은 살얼음처럼 아슬아슬한 식당의 분위기에 짓눌린 소년들은 접시 위에 놓인 자기 몫의 음식을 한꺼번에 입 속에 처넣은 후 자리에서 일어났다.

"잠깐만!"

소녀들도 다급하게 기다려 달라고 외친 후 허겁지겁 고기며 물이며 빵들을 순식간에 먹어치운 뒤 자리에서 일어났다. 곧 커다란 식탁에 로즈만이 덩그러니 홀로 남게 되었다.

"바이올렛, 우리 로즈의 방에 한번 가보지 않을래?"

수호인 일행에서 제일 뒤에서 걷던 위시드가 간절히 원하는 눈빛을 보내자 바이올렛은 질렸다는 듯이 고개를 내저었다.

"첨탑방 말이야. 재미있을 것 같은데."

위시드는 끈질기게 매달렸고, 결국 소녀들은 소년들에게 말도 하지 않고 나선형 계단을 올라가 로즈의 방까지 다다랐다.

바이올렛은 여전히 뚱한 표정으로 팔짱을 끼고 벽에 기대 서 있었고 위시드는 한치의 망설임도 없이 방으로 들어갔다. 그녀는 방에 들어가서도 전혀 거리낌 없는 태도로 이리저리 구경하더니 화장대 위에 놓여 있는 노파의 사진을 발견하고는 침대를 굽어 살피던 시비어를 향해 외쳤다.

"이것 좀 봐, 시비어. 이 할머니는 누굴까?"

"그건 나야."

로즈가 어느샌가 방에 들어와 있었다.

"히익—"

위시드가 숨이 멎을 듯이 소스라치게 놀란 까닭은, 허락 없이 방을 구경한 것 때문이 아니라 사진 속의 노파가 로즈라는 사실 때문이었다.

"이, 이게 당신이라니 말도 안 돼요."

"정말 그건 난데? 2년 전의 내 모습이야. 형편없이 늙어 버린 노파."

"예? 그럴 리가 없잖아요. 말도 안 돼요."

시비어는 로즈의 말을 눈곱만큼도 믿지 않는 것처럼 보였다.

"그 액자 이리 내. 그리고 내 방에서 썩 나가."

로즈는 얼굴을 잔뜩 구기며 빽빽 소리를 지르자, 위시드는 도대체 어디서 그런 용기가 생겼는지 액자를 등뒤로 감추며 주지 않겠다고 우겼다.

"당신이 이 노파와 동일 인물이라고 말한 이유를 알려준다면 액자를 돌려드리죠."

위시드가 고집을 부리자 시비어는 어서 돌려주라며 그녀를 나무랐다. 하지만 위시드는 액자를 쥔 손을 더 굳게 다잡았다.

"보자보자 하니까!"

로즈는 그 곱상한 얼굴로 험한 말을 끊임없이 내뱉었고 위시드는 끝까지 고집을 피웠다. 도망 다니는 위시드를 붙잡으려다 지쳐 버린 로즈는 침대에 걸터앉아 숨을 돌렸다.

"알았어. 굳이 숨겨서 뭐하니? 이렇게 된 마당에."

로즈가 뜻밖에도 순순히 입을 열자 위시드는 신이 나는지 싱글벙글하며 로즈에게 바싹 다가가 귀를 기울였다.

"아까 말했다시피 그 사진 속에서 웃고 있는 늙은이는 나야."

시비어는 뭐라고 토를 달려다가 애써 참았다. 아직도 그녀는 믿을 수 없다는 표정이었다.

"난 킥워드와 계약을 맺었어. 축제가 한창이던 그날 밤의 사건 이후에."

"킥워드와 계약이라뇨?"

위시드의 질문에는 여러 의미가 포함되어 있었다. 어째서 킥워드란 자와 가까이 했느냐는 질책의 의미이기도 했고, 킥워드가 계약 따위를 할 만한 사람인가 하는 물음을 스스로에게 던진 것이기도 했다.

"그와 이런 계약을 했어. 내 꺼져가는 목숨을 살려주고, 또 거꾸로 늙는 마법을 내게 걸어주는 대신에 빛과 마주할 수 있는 능력을 내게서 가져가도록 했지."

"일종의 조건을 걸었군요."

시비어는 씁쓸하게 중얼거렸고 로즈는 착잡한 얼굴로 고개를 끄덕이더니 지루해서 참을 수 없다는 표정으로 말을 이었다.

"제길. 나는 말이야, 크라운이었던 시절부터 늙는다는 것이 무섭다고 생각했었어. 그래서 늙은이로 태어나 점점 젊고 아름다워지는 기분은 정말 짜릿할 거라는 바보 같은 생각을 했어."

로즈는 침대에서 벌떡 일어나 벽에 있는 거울에 자신의 몸을 비춰보며 말했다.

"근데 벌써 순식간에 너희 또래의 소녀가 돼버렸어. 보통 사람들은 늙을수록 노화에 가속도가 붙지만 도리어 나는 어려지는 데 가속도가 붙어서 몇 달 만에 나이가 팍팍 줄어 버리는 셈이거든. 더럽게도 끔찍한 일이지. 그런 미치광이랑 계약을 맺을 바에는 차라리 그때 죽어 버렸어야 했는데. 제기랄."

로즈가 자꾸만 이해하기 어려운 토막 난 얘기들을 하자 시비어와 위시드는 자세히 얘기해 달라고 아우성쳤다. 로즈는 귀를 막는 시늉을 하더니 버럭 소리를 질렀다.

"좀 닥쳐 봐!"

로즈가 무서운 기세로 화를 내자 두 소녀는 겁을 먹고는 입을 꾹 다물었다. 로즈는 한숨을 푹 내쉬더니 옷장 옆에 보일 듯 말 듯 붙어 있는 붙박이 금고를 열고 엄청나게 두꺼운 책 하나를 꺼냈다. 양피지로 된 문서가 금색 실로 탄탄하게 묶인 그 책의 표지에는 '소식'이라고 써 있었다.

"구형 판 '소식'지들을 묶어 놓은 책이야. 5년 전 킥워드가 일으켰던 일종의 대란이 일어난 후에 마법 섬에서 일어났던 모든 사건들에 대해 기록되어 있지."

로즈는 그 책을 옆구리에 끼고는 간신히 서랍을 닫은 뒤 위시드에게 책을 건네 주었다. 위시드가 테이블 위에 '소식'을 올려놓자 로즈는 꼴도 보기 싫다는 듯이 명령했다.

"728쪽, 다른 페이지엔 눈길도 주지 마."

위시드가 낑낑대며 양피지로 책을 넘기는 동안 로즈는 헝클어진 머리를 다시 곱게 빗어 하나로 단정히 묶었다. 위시드는 순식간에 728쪽을 찾을 수 있었고, 옆에서 잔뜩 긴장한 채 손톱을 물어뜯던 시비어가 머릿기사를 읽었다.

"크런지 주민들의 대반란, 과연 3년간 행해지던 악습이 폐지될 것인가?"

시비어가 읽은 머릿기사의 글씨는 튀어나올 정도로 커다랬고 그 아래에는 '소식'지의 기자인 듯한 사람이 써 놓은 장문의 글이 있었다.

「후르뎀 주민들이 크런지에 거주하는 크라운들을 학대하고 노예로 부리는 일들이 암암리에 행해진 지 3년이란 세월이 흘렀다. 그 길면 길다고 할 수 있는 시간 동안 크런지에 거주하는 크라운들의 수가 3년 전 킥워드가 일으킨 대란 직후의 숫자에 비해 현저히 줄었고, 또한 후르뎀 주민들이 이 사실을 자랑스러워하기조차 하고 있을 무렵에 크런지에서 대반란이 일어났다.

사실 후르뎀과 크런지의 팽팽한 대립관계는 3년 전 킥워드가 활개를 쳤던 그때부터라고 해도 과언이 아니다. 킥워드가 3개의

마을을 통째로 소멸시킨 탓에 구름마을에 속해 있던 5개의 마을 중 크라운들의 마을 크런지와 마법사와 마력이 없는 이들이 함께 사는 후르뎀, 이렇게 두 마을만 남게 된 것이 비극의 시작이었다.

킥워드를 따랐던 일부 크라운(사실은 꽤 되는 숫자였지만)들이 사는 마을이란 이유로 후르뎀 주민들은 너도 나도 크런지에 대한 증오심을 키워갔고, 급기야 그 분노의 감정은 크라운들에 대한 학대로 이어졌다. 학대의 종류를 말하자면 지면을 전부 할애해야 할 정도로 여러 방법으로 행해졌다.

후르뎀 주민들이 크라운들을 혐오스러워했던 이유는 그들이 킥워드에게 가담했다는 사실이 가장 큰 비중을 차지하지만, 그들의 특이한 외모도 그 이유 가운데 하나였다. 크라운들은 인간의 모습을 하고 있긴 하지만 두 가지 큰 차이점이 있었다. 그것은 바로 그들의 코가 동그랗고 번쩍번쩍 빛나는 파란 구슬 모양이라는 점과 입술의 색깔이 마치 피처럼 붉다는 점이다. 이러한 외모상의 특징 때문에 후르뎀 주민들은 크런지의 크라운들을 천하게 여기고 학대했다. 물론 다시 말하지만 그들이 어둠의 무리에 가담했던 점이 학대의 시발점이 된 것은 모두가 아는 사실이다.」

시비어는 뒷장을 보기 위해 페이지를 넘겼다.

「후르뎀 주민들의 분노로 두 마을의 관계는 날이 갈수록 악화되었다. 그 예로, 후르뎀과 크런지의 경계 부분에 크라운이 나타나면 후르뎀 주민들은 너나 할 것 없이 그를 향해 돌 따위를 던

지는 바람에 크라운들이 죽어 나가는 일이 빈번히 일어났으나 어느 누구도 후르뎀 주민을 말리거나 크라운의 편을 들지 않았다고 한다. 킥워드는 봉인되었지만 구름마을은 매일 피로 물드는 사건의 연속이었고, 병들고 두들겨 맞은 크라운들의 신음소리가 크런지에서 떠나질 않았다. 그러나 크런지는 수많은 핍박 가운데서도 꿋꿋이 건재했고, 급기야 어제를 거점으로 순식간에 후르뎀을 점령하기에 이른 것이다.」

양피지로 한 장하고도 반쪽을 꽉 채운 이 글은 2년 전에 '소식'지의 기자가 기고한 것으로 크런지와 후르뎀에 얽힌 복잡한 관계에 대한 내용이 담긴 서론이었다.

정신없이 읽어 내려가던 시비어와 위시드는 로즈를 힐끔 쳐다본 후 다음 페이지를 넘겼다. 다음 페이지에는 크런지가 반란을 일으키는 데 직접적인 원인을 제공한 한 폭행치사 사건에 대한 이야기가 기록되어 있었다.

「한창 축제 분위기가 무르익은 3일 전 밤 11시 경, 남녀노소 할 것 없이 모두 나와 춤을 추고 노래하고 먹고 마시며 축제가 한창이던 틈을 타 여자 크라운 한 명이 변장을 하고 후르뎀 1구역에 발을 들여놓았다. 그녀는 물에 닿지만 않으면 24시간 지속되는 변장 마법을 사용해서 파란 코를 숨기고 입술 색을 바꾸어 마치 후르뎀 1구역에 사는 여자처럼 속여서 축제에 참가한 것이다.

그러나 그녀는 자신이 한 행동에 지레 겁을 먹고 인적이 드문

곳만 골라서 숨어 다니다가 길을 잃게 되었고, 후르뎀 1구역에 사는 남학생 5명과 마주쳤다. 그들은 마법 도구들을 들고 고급 과정을 수료하기 위해 늦게까지 도립학교에서 나머지 수업을 받고 오는 길이었다. 남학생 일행과 변장한 여자 크라운이 마주친 곳은 1구역에 흐르는 강을 낀 길 한가운데였다. 학생들의 증언에 따르면 변장한 크라운에게서 크라운 특유의 냄새가 났다고 한다(이것은 그들만의 주장으로 아직 크라운의 냄새에 대해선 밝혀진 바 없다).

학생들 중 리더 격이었던 치코(18세)는 변장한 여자 크라운의 정체를 알아차리고 먼저 시비를 걸었고 그를 중심으로 나머지 4명의 학생들이 차례로 폭행에 가담했다. 여자 크라운은 몹시 얻어맞으며 길 위를 뒹굴다가 강물로 굴러 떨어졌고, 몸에 물이 닿는 바람에 마법이 풀려 그녀의 본래 얼굴이 드러났다.

남학생 일행은 그 모습을 보고 더 흥분하여 수영을 못해서 허우적거리는 그녀를 향해 돌을 던졌고 크라운은 몹시 피를 흘리면서도 필사적으로 살기 위해 몸부림쳤지만 얼마 버티지 못하고 물속으로 가라앉았다. 그녀가 흘린 피는 강물을 새빨갛게 물들였고 강물은 빠른 속도로 크런지까지 흘러 들어갔다. 붉게 물든 강을 본 크런지의 주민들은 술렁이기 시작했고 그 사건을 처음부터 끝까지 목격했던 후르뎀 주민(최초로 크라운 학대를 신고한 사람)의 신고와 진술을 바탕으로 사건 수사가 시작된 지 12시간 만에 남학생 5명의 자백을 받아낼 수 있었다.

이 사건이 구름마을 전역에 퍼지자 크런지는 이례없는 혼란과

증오에 휩싸였고, 지금껏 학대와 노예제도에 아무런 항의도 못했던 크런지의 크라운들이 너도나도 쇠붙이를 들고 후르뎀을 습격했다. 게다가 2구역과 3구역의 화살도 1구역에게 꽂혔는데, 1구역에서 일어난 크라운의 피살 사건으로(한동안 2, 3구역 주민들은 '잔인한 치코 일당'이란 말을 입에 달고 살았다) 졸지에 크런지에게 역습을 당해 버린 것에 대해 2, 3구역 주민들이 분하게 여겼던 것이다. 이로 인해 크런지와 후르뎀, 그리고 후르뎀 내부간의 전쟁이 시작되어 수많은 사상자가 발생했다.

치열한 접전 끝에 죽을 각오로 싸운 크런지가 후르뎀을 점령했다. 순식간에 주종관계가 바뀌었으며 후르뎀에게서 승리를 얻은 크런지 주민들은 기다렸다는 듯이 후르뎀 주민들을 노예로 삼기 시작했고, 후르뎀 주민들은 회한의 눈물을 흘렸다.」

729쪽부터 730쪽까지 이어진 기사의 내용은 후르뎀이 정복당한 내용으로 끝을 맺었다. 시비어는 착잡한 마음이 들어 한동안 멍한 채로 기사를 읽고 또 읽었다.

"부모가 노예로 팔려간 이후, 멸시 속에서 지내다가 생애 처음 가본 축제에서 린치를 당한 그 크라운의 심정은 어땠을까."

로즈는 진심으로 수호인 소녀들에게 묻고 있었다.

"글쎄요. 저라면 아마도 원망스러웠을 거예요."

위시드가 모기만한 목소리로 대답했고, 로즈는 서글픈 웃음을 지으며 그녀에게 다시 물었다.

"그녀가 불쌍하지 않니?"

"정말 불쌍해요."

시비어와 위시드가 동시에 대답하자 로즈는 충격적인 말을 던졌다.

"그녀가 바로 나야."

"예?"

소녀들은 더 이상 놀랄 힘조차 없었다.

"이번에도 믿어지지 않는다면 732쪽을 읽어 봐."

「후르뎀 1구역에서 벌어진 사건의 피해자 시신은 아직 발견되지 않았다」

위시드가 소리 내어 읽자 로즈는 골치가 아프다며 투덜거리다가 두 소녀를 향해 쏘아붙였다.

"난 그때 숨이 끊어지지 않았어. 다행인지 불행인지는 모르지만 거의 다 죽어가던 나를 로리스가 발견했고 그가 나에게 계약을 제시했어. 바로 그가 섬기던 킥워드를 위한 계약이었지. 너희들에게 흥미로운 사실을 하나 알려주자면, 나를 살려준 대가로 햇빛에 견딜 수 있는 능력을 가져간 로리스는 최근에 블랙이 카네트 산으로 소환되기 전까지 블랙을 관리해 왔던 사람이야. 그는 도립학교의 교수로 일하면서 한편으로는 킥워드의 재기를 물심양면으로 도운 두 가면의 사나이지. 아마 너희들도 곧 그를 만나게 될 거야."

"그렇다면 언니는 점점 어려지다가 아예 없어지는 건가요?"

위시드는 물어서는 안 될 질문을 던졌고, 로즈는 하염없이 슬픈 눈을 하고는 천천히 고개를 끄덕였다. 그녀의 아름다운 얼굴에 수심이 가득했던 까닭이 그 때문이라는 생각이 든 시비어는 그녀가 안타까워 어쩔 줄 몰라했다.

"오, 그건 비극이에요."

"내가 자초한 비극이야. 그렇게 안타까운 눈으로 볼 필요 없어. '안됐구나. 어쩜!' 하는 표정 따윈 안 지어도 된단 말이다."

로즈는 책을 추스려 서랍에 집어넣고는 다시 언성을 높였다.

"이제 좀 나가 줘. 시끄럽고 궁금증만 가득한 너희들을 상대해 주기도 이제 지긋지긋하다. 썩 나가."

로즈는 소녀들을 강제로 복도까지 떠밀었다. 홀까지 내려가는 동안 시비어와 위시드는 로즈를 혼자 두고 내려오는 걸 꺼림칙하게 생각하고는 이러쿵저러쿵 그녀에 대한 걱정을 했다.

"이 섬은 시한폭탄 같아. 너무 위험하고 신비로운 일들이 아슬아슬하게 얽혀 있는 바람에 언제 터질지 모르는……."

"글쎄, 그것이 이 섬에 사는 사람들만의 생활 방식일지도 모르지."

시비어가 오랜만에 똑부러지게 자기의 생각을 정리해서 말하자 위시드는 속으로 짐짓 놀랐다. 그녀들이 계단을 내려와 홀에 도착했을 때, 바이올렛은 팔짱을 끼고 싸늘하게 말했다.

"난 기다리다 지쳐서 그냥 내려와 있었어. 모두 문 바깥에서 기다리고 있으니까 빨리 가자."

"미안, 얘기가 길어졌지 뭐야."

위시드와 시비어가 손으로 비는 시늉까지 하면서 사과했으나 바이올렛은 혼자 성 밖으로 나가 버렸고 위시드와 시비어는 종종걸음으로 그녀를 뒤따랐다.

"흥, 그깟 신경질적인 여자하고 무슨 할 얘기가 그렇게 많다고 몇 시간 동안 사람을 혼자 세워 놔?"

위시드와 시비어가 로즈가 들려준 이야기를 화제로 삼아 자기들끼리만 얘기를 나누는 바람에 바이올렛은 매더스 남매와 수호인 소녀들이 모여 있는 곳에 도착할 때까지 혼잣말을 중얼거렸다. 세 명의 소녀가 걸어오는 모습이 보이자 길가에 앉아 있던 매더스 남매와 소년들은 풀어 놓은 짐을 챙겼고, 진 매더스는 세 소녀들을 재촉했다.

"이 길을 따라서 후르뎀 2구역을 지나야 해. 빨리빨리들 와."

그들은 시련의 성 북서쪽에 위치한 후르뎀 2구역을 향해 바쁜 걸음을 옮겼다.

18

수호인들이 성을 떠난 후 홀에는 헨리만이 혼자 남아 부산스럽게 지팡이를 흔들고 있었다. 그가 구둣발로 내는 딱딱거리는 소리가 경쾌하게 울려 퍼지는 가운데, 그는 장식품 따위에 뽀얗게 앉은 먼지들을 털다가 13각형 조각 위에 올려진 녹음기를 발견했다. 녹음기에서 흘러나오는 콜링의 음성 편지를 3번이나 되풀이해 들은 헨리는 씁쓸하게 웃음을 터뜨렸다.

한편 작은 첨탑방에서는 로즈가 홀로 의자에 앉아 슬픈 곡조를 흥얼거리고 있었다. 울음이 목구멍까지 차오르는 바람에 노래는 멋대로 커졌다 작아졌다 하며 셈여림이 엉망이 돼버렸지만 그녀는 흥얼거리는 것을 그만두지 않았다. 그녀는 '울지 말자'라고 되뇌인 끝에 눈물을 가까스로 삼켜냈다. 화장대 거울을 보며 통통히 살이 오른 핑크빛 두 뺨을 슬며시 만져보던 그녀는 거울에 비친 자신의 모습을 물끄러미 응시하며 물었다.

"어려지니까 좋니?"

그녀는 곧 씁쓸하게 미소 지으며 대답했다.

"아니."

어느새 좁다란 첨탑방으로 들어와 그녀를 지켜보던 헨리는 로즈의 침대 위에 걸터앉으며 말했다.

"그애들한테 사실대로 말했죠?"

"어째서 노크도 없이 들어오는 거야?"

로즈는 팩 하고 성질을 냈다. 그녀는 헨리가 노크도 없이 방에 들어왔다는 사실보다 자기가 했던 행동을 몰래 전부 지켜보았다는 사실에 더 화가 난 것 같았다.

"그런 잡아먹을 듯한 무시무시한 표정, 좋지 않아요."

이렇게 말하는 헨리야말로 벌레 씹은 표정이었다. 로즈는 그에게 퉁명스레 여러 번 면박을 준 뒤 그에게서 돌아앉으며 차갑게 물었다.

"자꾸 내 방을 드나드는 이유가 뭐야?"

헨리는 단정한 갈색 머리를 손으로 쓸어 넘기더니 몇 번 헛기침을 했다.

"걱정 돼서요."

헨리의 대답에 로즈는 너무나 놀란 나머지 거의 비명을 지르다시피하며 되물었다.

"방금 뭐라고 했지?"

헨리는 양손으로 얼굴을 감싼 채 쉰 목소리로 나지막하게 대답했다.

"걱정 돼서라고 했는데요."

도끼 눈을 뜨고 있던 로즈는 성이 떠나가라 웃기 시작했고 헨리는 그런 그녀를 일부러 심술궂게 노려보았다. 그녀가 웃음을 간신히 그치고 숨을 헐떡이며 헨리에게 핀잔을 주자 헨리는 무안해하며 외쳤다.

"왜 웃죠?"

"하하하, 하던 대로 해. 그런 말투는 너한테 어울리지 않아."

로즈는 다시 웃어대다가 이번엔 헨리가 했던 말을 흉내냈다.

"걱정 돼서요. 풋."

"진심이야."

로즈가 혼자 비아냥거리는 꼴을 묵묵히 쳐다보고 있던 헨리는 무서운 기세로 쏘아붙였다. 자신의 성대모사가 만족스러웠는지 깔깔거리며 웃어대던 로즈는 웃음을 뚝 그치고 그를 빤히 바라보았다. 갑자기 반말을 지껄이는 헨리의 목소리는 몹시 화가 나 있었다.

"진심이니까 그렇게 웃지 마. 속으론 울고 있으면서."

로즈가 너무 놀라 대꾸조차 못하자 헨리는 한숨을 내쉬며 말을 이었다.

"그렇게 웃으면 말이지, 나는 정말 화가 난다니까. 차라리 화를 내거나 짜증을 내면 괜찮은데 그렇게 웃으면 당신이 삶을 포기한 것만 같아서 무서워진다고."

헨리의 매끈한 얼굴엔 수심이 가득했다. 로즈는 믿을 수 없다는 표정으로 조심스레 말했다.

"왜 그런 말을 하는 거야. 넌 날 몹시 싫어하잖아."

이렇게 묻는 로즈의 눈꺼풀은 미세하게 떨리고 있었다.

"내가 진심으로 당신을 귀찮아했다고 생각해?"

"당연한 거 아냐?"

헨리의 물음에 로즈는 너무도 쉽게 대답했다.

"천만에. 그 반대인걸. 내가 당신을 귀찮게 여겼던 적은 단 1분, 아니 단 한 순간도 없어. 내가 정말 당신을 싫어했다면 그 사건을 신고하지도 않았겠지."

"난 네가 무슨 얘길 하는지 도통 모르겠다."

서운하다고 투덜거리던 헨리가 확고한 목소리로 '그 사건'에 대해 언급하자, 로즈는 머리를 절레절레 흔들며 이해하지 못한 척했다. 그러나 사실 그녀는 헨리가 말하고자 하는 것을 어렴풋이 알아채고 있었다. 헨리는 천천히 몸을 일으키며 말했다.

"오히려 당신을 좋아했으니까, 정말 죽을 만큼 좋아했으니까 축제에서의 사건을 신고했던 거야."

"설마 그때 일을 얘기하는 거야? 내가 후르뎀 학생들한테 죽을 뻔했던 그 일?"

"그래, 바로 그 일 말이야. 그때 물에 빠진 시체와도 같은 너를 건져내서 내 스승이었던 로리스의 집으로 데려갔던 것도 나였고, 또 네가 로리스와 계약을 맺은 이후 너를 돌보았던 것도 나였는데 어째서 너는 항상 투덜대기만 했는지! 눈만 마주치면 으르렁대고, 심지어 몸싸움도 할 뻔 했었잖아. 그것도 하루이틀도 아니고……. 나도 맘고생이 심했어."

로즈는 둔기로 한 대 얻어맞은 듯한 표정으로 그를 빤히 쳐다보았다. 그녀의 얼굴엔 핏기가 가시기 시작했고 헨리는 그녀의 눈길을 애써 피하며 말을 이었다.

"그때, 난 너를 위해 아무것도 할 수 없었어. 나는 후르뎀 사람이었고 마력도 없었으니까. 하지만 네가 꼼짝없이 죽을 뻔한 그날 밤 이후로 나는 로리스의 제자가 되어 마법을 하나씩 배워 나갔지. 오로지, 너를 지키기 위해서 말야."

"난 네가 그저 로리스에게 나를 돌봐 달라는 부탁을 받은 사람인 줄로만 알았는데. 더구나 너는 크런지의 간부이고……."

로즈는 머리 속에 온통 복잡한 생각들이 얽힌 탓에 몹시 괴로웠다.

"속여서 미안. 이제 얼마가 될지 모르는 짧은 시간이 지나면 넌 나만 남겨두고 영영 없어져 버리겠지. 그렇다고 절망하는 건 아니야. 다만 완전히 잊기까지 천천히 아파해야 할 거야."

"너 정말 못 말린다. 이제 와서 이런 얘길 하면 어쩌자는 거야?"

로즈가 의자에서 벌떡 일어나 언성을 높였다. 그녀는 수호인들이 성을 빠져나간 이후로 적어도 두세 살은 어려진 듯했으나 여전히 아름다웠다. 헨리는 이제 자신의 어깨에도 못 미칠 정도로 키가 줄어 버린 로즈의 머리를 쓰다듬으며 자상한 목소리로 말했다.

"그냥 이렇게 지켜보다가 네가 떠나면 울고, 또 울다가 잊게 되면 그걸로 그만인 거야. 아마 너를 완전히 잊는 날은 내가 숨이 멎는 그날이겠지만……."

아니나 다를까 그는 벌써 흐느끼고 있었다. 입술을 깨물고 하염없이 눈물을 뚝뚝 흘리는 그를 올려다보던 로즈는 그의 손목을 잡으며 말했다.

"내가 없어지는 게 슬프다면 이렇게 울어선 안 되는 거야. 나는 내가 우는 것만으로도 충분하니까."

로즈가 한없이 가냘픈 목소리로 말하자 헨리는 그녀를 꽉 껴안으려 했다. 그러나 로즈는 한 걸음 물러서며 헨리를 슬프게 올려다보았다.

"말버릇도 곱지 못한 데다가 피해의식으로 가득 찬 나 같은 못난이를 그렇게 오랫동안 지켜봐 줬다는 건 정말 고마운 일이야."

헨리는 여전히 어깨를 들썩이며 흐느끼고 있었고, 로즈는 가까스로 눈물을 삼키며 말을 이었다.

"그렇지만 이제 와서 내가 어떻게 하면 좋겠니. 헨리, 난 당신에게 늘 감사하고 있었어. 말로 표현하진 못했지만, 어쩌면 말로 표현할 수 없을 만큼 고마운 마음이 커서 그랬을지도 몰라. 알지? 아마 당신은 현명하니까 알 거야."

"너한테 그런 말을 들어본 건 처음이야."

헨리는 눈물을 펑펑 쏟으면서 잠긴 목소리로 말했다.

"그리고 말이지, 바보 같다느니 하는 말은 괜히 센 척했던 거야. 나 진짜 바보 같지?"

로즈가 피식 웃으며 묻자 헨리는 말없이 고개를 저었다. 로즈는 창문 바깥에서 까마귀의 처량한 울음소리가 들리자 창문에 기대서며 담담하게 말했다.

"산책하고 싶은데 함께 나가줄 수 있어? 벌써 해가 져서 완전히 어두워졌어."

헨리는 자신이 로즈 앞에서 엉엉 울었다는 것이 몹시 창피하게 여겨졌기 때문에 얼른 눈물을 닦으며 문으로 발길을 돌렸다. 로즈는 입술을 지그시 깨물고 그를 바라보다가 그가 완전히 방을 빠져나가 버리자 바닥에 털썩 주저앉고 말았다. 그리고는 소리가 새어나가지 않도록 옷소매를 구겨 물고는 흐느꼈다.

26

별을 낚자

19

차가운 달이 뜬 밤이었다. 시련의 성에서부터 2구역으로 이어진 딱딱한 구름 길 위에는 자박거리는 발소리만이 들릴 뿐 고요한 정적이 흘렀다. 수호인 일행과 매더스 남매는 한마디 대화도 없이 1시간 정도를 걸었다. 그들의 얼굴엔 피로한 기색이 역력했다. 그 중 프랭크가 가장 지쳐 있었다.

'이러다가 죽을지도 몰라.'

구름마을까지 오는 동안 힘을 다 써버린 프랭크는 쓰러질 듯한 걸음걸이로 한 걸음씩 사력을 다해 내딛고 있었다.

수호인들이 제각기 여러 가지 생각을 하며 매더스 남매를 천천히 뒤따르는 동안, 그들의 뒤를 밟는 누군가가 진에 의해 발견되었다. 진은 대열의 맨 끝에서 거의 기다시피 걷고 있는 바이올렛의 뒤를 가리키며 외쳤다.

"조심해!"

"뭐지?"

바이올렛은 화들짝 놀라 뒤를 돌아보다가 발을 헛디디며 구름 위로 나뒹굴었다. 그녀를 위협하며 다가오는 것은 원숭이 같은 생김새를 지닌 채 그 흉한 몰골에 어울리지 않게 사람의 옷을 갖춰 입은 괴물 같은 사람이었다. 그에게 붙들린 바이올렛이 그에게 지팡이를 휘두르며 소리를 지르자 류가 엄한 목소리로 소리쳤다.

"그만둬! 후르뎀 2구역의 사람이야."

"뭐?"

류의 말에 수호인들은 일제히 그 괴물의 모습을 한 후르뎀 사람을 돌아보았다. 확실히 사람이긴 했지만 까치집처럼 뒤엉킨 머리며 길고 뾰족하게 자란 손톱, 기형적으로 굽은 손가락과 발은 정상인이라고 볼 수 없었다.

"저게 후르뎀 2구역 사람이라고? 오, 맙소사."

데이피가 믿을 수 없다는 듯이 외쳤고 진은 고개를 끄덕이며 갑작스레 나타난 그 사람에게 말을 걸었다.

"왜 우릴 뒤쫓고 있었던 거죠?"

꾀죄죄한 후르뎀 사람은 기어들어 가는 목소리로 대답했다.

"수호인들인가 해서 뒤쫓은 거다. 수호인들이 우리 마을에 꼭 와줘야 한다."

원숭이의 얼굴을 한 후르뎀 사람은 정상이 아닌 것 같았다. 그는 멍하니 머리카락을 꼬다가 웃음을 팍 터트리기도 하며 혼자서 대화를 하고 있었다. 류가 그를 타이르며 제대로 된 말을 해달라고 주문하자 그는 푹 꺼진 눈동자로 수호인들을 요리조리 살펴보았다. 그의 눈밑은 너구리같이 시커맸다.

"너희 수호인들이 우리 마을에 와서 별자리 친구들을 찾아줘야 한다. 별자리 친구 없이는 우리들은 아무 일도 할 수 없다."

얼굴에 비해 또렷또렷한 음성으로 명령조의 부탁을 하는 후르뎀 사람은 바이올렛의 손목을 막무가내로 잡고 발을 쿵쿵 굴렀고, 수호인들은 그에게 달려들어 그에게 붙들린 바이올렛을 끄집어냈다.

"무례하게 이러면 안 되죠. 우리가 당신을 뒤따를 테니 앞장서요."

진이 최대한 나긋나긋하게 말하자 후르뎀 사람은 자신이 선두로 걷기로 했다. 구름이 내뿜는 싱그러운 향기조차 맡지 못하게 되었을 무렵 그들은 '후르뎀 2구역'이라고 쓰여 있는 간판이 세워진 마을의 입구에 다다를 수 있었다.

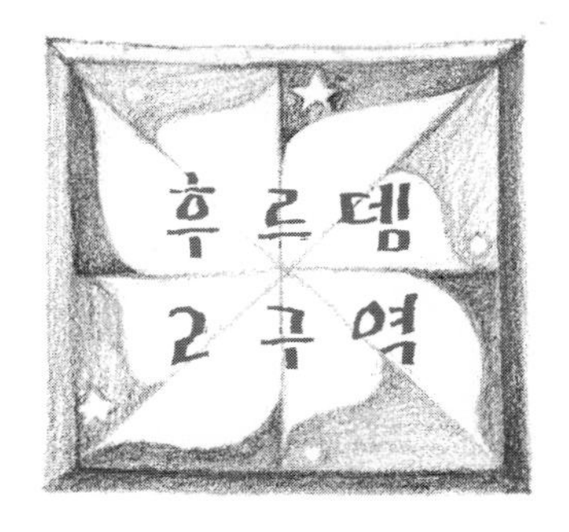

2구역의 풍경은 매더스 남매가 다녀온 1구역처럼 스산하고 쓸쓸했다. 자신의 이름을 토고라고 소개한 그는 굽은 다리를 힘겹게 움직여 2구역의 중간쯤에 위치한 자신의 집으로 그들을

데려갔다. 원시인처럼 생긴 외모와는 달리 그의 집은 신식이었으나 온 사방이 칠흙같이 어두운 탓에 수호인 일행은 아무것도 볼 수 없었다. 마치 해가 완전히 사라진 것처럼 빛 한 줄기조차 보이지 않자 궁금해진 바이올렛이 조용조용히 말했다.

"왜 이리 사방이 어둡지?"

그녀의 모기만한 목소리를 용케 알아들은 토고는 어눌한 말투로 띄엄띄엄 얘기를 풀어나갔고 수호인들은 그 이야기에 귀를 기울였다.

"별자리 친구들이 자취를 감춘 후로 마을이 모조리 깜깜해져 버렸다. 낮도 없어지고 햇빛 따위는 잊어버린 지 오래다. 아무래도 하늘이 화가 난 것 같다. 그 동안 밤낮으로 마을을 비춰 주던 별자리 친구들도 1구역과의 전쟁 이후 자취를 감추었다. 우리는 보이지 않아서 아무것도 할 수 없다."

"그렇다면 불을 지피면 되잖아요. 그렇게 간단한 것을."

시비어는 의기양양하게 루비듐을 꺼내면서 주문을 외웠다.

"루비듀모스!"

지팡이에 박힌 빨간 크리스털 위로 아기 머리통만한 불꽃이 활활 타오르자 토고는 양팔로 그 쭈글쭈글해진 얼굴을 가리며 죽을힘을 다해 울부짖었다.

"불을 켜도 소용없다. 이곳에서 불을 켜는 것은 헛수고다."

토고가 말하는 이곳이란 그의 집이 아닌 후르뎀 2구역 전체를 말하는 것이었다. 아니나 다를까, 시비어의 지팡이에서 타오르던 불은 5초 정도 타다가 금세 사그라져 버렸다. 지팡이에 있는 불씨마저 멀리 날아가거나 식어 버리자 매더스 남매는 서로의 얼굴을 아주 가까이에서 확인한 후 조심스럽게 대화를 나누었다.

"2구역에 별자리 친구들이 있다는 소릴 들어본 적 있어?"

"아니. 한 번도. 하지만 전쟁 이후에는 아예 소식이 단절되었으니까 우리가 모르는 사이에 많은 일이 일어났다 해도 놀랄 일은 아니지."

"하긴. 도립학교 기숙사에 있는 학생들 빼곤 2, 3구역 사람들은 본 적이 없어."

"잠깐. 우리 여기에 계속 머물다가 눈치 빠른 2구역 사람이 우리가 1구역 사람이란 걸 알아채기라도 하면 몰매 맞을지도 몰라."

"그럼 어쩌지?"

"당분간은 숨어 있자."

오빠의 제안에 진은 흔쾌히 승낙했고 그들은 떨리는 마음을 가까스로 진정시킨 후 필리코니스에게 자신들의 사정을 설명했다. 필리코니스는 아무런 거리낌없이 그들이 토고의 집에서 빠져나갈 수 있도록 도와주었다. 어둠 속에서 매더스 남매와 필리코니스가 조심스럽게 일을 꾸미는 동안 토고는 수호인들에게 열변을 토하고 있었다. 수호인들은 토고의 얼굴을 볼 수는 없었지만 충분히 그의 표정까지 짐작할 수 있었다.

"후르뎀 2구역 사람들이 일손을 놓고 무기력해진 지는 꽤 되었다. 2년 전 1구역과 크런지간의 전쟁이 시작된 직후, 우리 마을의 밤하늘을 지켜주던 별자리 친구들이 밤하늘을 하나 둘씩 떠났다. 처음에는 까마귀자리와 머리털자리, 왕관자리가 자취를 홀연히 감추었다. 그 탓에 낮의 절반이 줄어 버렸고, 저녁도 한밤중처럼 어두컴컴해졌다. 1주일 후엔 뱀자리가, 그리고 또 1주일 후에는 물고기자리와 양자리가 어딘가로 도망쳤다. 마지막 주에 쌍둥이자리와 화로자리가 떠난 후로는 지금과 같은 새까만 암흑이 2구역을 뒤덮었다. 이 모든 게 꼭 한 달 만에 일어난 일이다."

"무슨 말인지는 대충 알겠는데요. 자기 멋대로 없어진 별자리들을 저희가 무슨 수로 찾아요."

데이피가 항의조로 묻자 토고는 떠듬떠듬 대답했다.

"수호인들은 찾을 수 있다. 후르뎀 2구역 주민들 모두는 깜깜한 어둠 속에서 지내온 2년 동안 그대들이 나타나기만을 손꼽아 기다려 왔다."

실로 절박한 목소리가 울려 퍼지자 수호인 소녀들은 막연히 돕고 싶다는 생각이 퍼뜩 들었고, 프랭크는 우쭐한 마음이 생겼다. 그의 옆에 찰싹 붙어 있던 위시드는 카나리아같이 높은 목소리로 지껄였다.

"좋아요. 저희가 책임지고 별자리들을 찾아 드리죠."

"역시 그대들을 기다리길 잘했다."

토고는 서투르게나마 감사의 마음을 전하고자 그 투박한 손을 내밀어 위시드의 손을 덥석 잡았다. 그러나 위시드는 토고의 뾰족하고 두꺼운 손톱에 여기저기 긁히는 바람에 소리를 내질렀고, 그는 얼른 두 손을 등뒤로 감추며 멋쩍게 사과했다. 그는 한 손에 든 길다란 막대기로 바닥을 짚어나가며 수호인들을 문 바깥으로 안내했다. 바깥도 집 내부와 다를 바 없이 매우 어두웠다. 토고가 집 앞까지 그들을 배웅하고 집으로 다시 들어가자 데이피는 발을 동동 굴렀다.

"무턱대고 그런 약속을 하면 어떡해? 게다가 이런 한치 앞도 안 보이는 어둠 속에서 별자리 친구인지 뭔지를 무슨 수로 찾는단 말야."

잠자코 그의 아우성을 듣고 있던 필리코니스가 입을 열었다.

"매더스 남매의 말에 의하면 우리가 카네트 산에 가기 위해선 별자리 친구들을 꼭 찾아야 한다던데. 그렇다면 어쩔 수 없이 토고의 부탁을 들어줄 수밖에 없어."

"멋대로 정하지 마."

플럭이 답답하다는 듯이 소리치자 필리코니스는 그가 아닌 다른 곳을 향해 대꾸했다.

"난 그저 류가 해준 말을 너희한테 그대로 전한 것뿐이야. 자자, 항의 말고 별자리 친구들을 찾을 방법이나 궁리해 보자."

소년들이 입씨름을 하는 동안 소녀들은 어느 틈에 별자리 친구들의 이름을 하나하나 정리하고 있었다.

"첫 주에 없어진 것은 까마귀자리와 머리털자리, 왕관자리."

바이올렛이 용케도 기억해 내자 위시드는 손뼉을 치며 좋아했고 시비어는 둘째 주에 없어진 별자리 친구들을 하나씩 떠올려보았다.

"둘째 주에는 뱀자리, 맞지?"

위시드는 아무래도 좋다는 듯 고개를 끄덕였다. 그러나 시비어가 셋째 주에 없어진 걸 기억해 내리라고 기대했던 위시드와 바이올렛의 기대는 보기 좋게 무너졌다.

"기억나는 건 물고기자리뿐이야. 난 정말 머리가 나쁘다니까."

시비어가 멋쩍어하자 바이올렛이 대신 대답했다.

"셋째 주는 물고기자리와 양자리였어. 확실해."

"그리고 아마도 쌍둥이자리가 마지막 주에 없어졌다고 했던 것 같아."

위시드가 마지막 주에 없어진 별자리에 대해 자신없어 하자 프랭크가 맞다며 확신을 주었다.

"이 많은 걸 언제 다 찾지?"

시비어가 걱정스러워하자 데이피는 여전히 흥분한 목소리로 따졌다. 그의 찐빵 같은 볼은 부풀어 오를 대로 부풀어 올라 있었다.

"오 제발, 태평한 소리하지 말고 내 말 좀 들어 봐. 이렇게 깜깜한 데서 뭘 찾고 말고 한다는 거야. 이러다간 이 마을에서 빠져나가지도 못하겠어."

"그러게."

위시드는 곧장 풀이 죽고 말았다. 그녀는 자신만만하게 찾아주겠다고 경솔히 말한 것만 같아서 우울해졌으나 플럭이 좋은 묘안을 생각해 냈다.

"있잖아. 기막힌 생각이 떠올랐어."

"뭔데?"

수호인들이 득달같이 묻자 데이피는 조심스럽게 말했다.

"크리스털로 빛을 밝혀 보면 어떨까. 그 빛은 꺼지지 않을지도 몰라."

데이피의 묘안에 수호인들은 일제히 옆으로 메는 작은 가방에서 크리스털을 꺼내는 걸로 대답을 대신했다.

그들이 가방 뚜껑을 열자마자 엄청난 양의 빛이 뿜어져 나왔다. 이윽고 무지개 색의 영롱한 빛이 후르뎀 2구역 전체를 밝힐 기세로 주변을 비추었다. 수호인들은 서로의 얼굴을 확인한 후 뛸 듯이 기뻐했다. 빨간 크리스털을 들고 있는 시비어의 얼굴은 불그죽죽하게 보였고, 나머지 수호인들의 얼굴도 각자 자신이 들고 있는 크리스털의 색깔로 물들여졌다. 얼굴이 주황색으로 변한 데이피는 떠들썩하게 외쳤다.

"이제 별자리 친구들만 찾으면 되는 거지?"

플럭은 갑자기 태도가 돌변한 그를 못마땅하게 쳐다봤으나 데이피는 애써 그 시선을 무시했다.

"이 마을에는 보이지 않는 울타리가 쳐 있대. 그래서 이방인은 자유자재로 드나들 수 있지만 이 마을에 원래 살고 있던 사람들은 바깥으로 절대 나갈 수 없다는 말을 들었어."

필리코니스가 정보를 하나 알려주자 프랭크는 결론을 내렸다.

"그렇다면 도망친 별자리들은 이 마을 안에 숨어 있겠군. 좋아. 모조리 다 찾아주겠어."

프랭크는 여느 때와 달리 몹시 들떠 있었다. 그는 푸른 크리스털이 발하는 빛을 벗삼아 2구역의 중앙에 난 폭넓은 구름길을 걷기 시작했다. 그를 뒤따르는 수호인 일행의 발걸음도 날아갈 듯 가벼웠다. 구름길은 무지개 빛으로 물들어 아름다운 진풍경을 연출했고, 빼꼼이 문을 열고 그 모습을 지켜보던 토고는 흐뭇한 미소를 지었다.

20

크리스털을 등불 삼아 별자리들을 찾기 시작한 지 한 시간 남짓 흘렀을 무렵, 실종된 별자리 중 하나가 플럭에 의해 발견되었다. 데이피는 후르뎀 중앙에 넓게 뻗어 있는 큰길을 무작정 걷다가 빽빽한 구름들 속에 숨어 있던 양자리를 밟고 발이 푹 빠져 버리고 말았다. 양자리의 털은 때가 타서 거의 쥐색이나 다름없었고 수호인들을 무척이나 두려워하는 눈치였다.

"내가 찾았어! 찾았다고!"

연거푸 소리치는 데이피를 둘러싼 수호인들은 양자리가 발발 떠는 모습을 측은하게 바라보았다.

"구름 속에 숨어 있을 줄은 꿈에도 몰랐어."

바이올렛이 양자리를 조심스럽게 쓰다듬으면서 말했다. 그녀의 치렁치렁한 은색 머리칼이 쥐색 양의 등 위에 드리워지자 양은 움찔하며 신음소리를 냈다.

"아, 무거워, 무거워, 무거워."

필리코니스가 사시나무처럼 떨고 있는 양을 하늘 위로 들어

올리자 수호인들은 그의 행동을 유심히 지켜보았다. 그가 번쩍 든 양을 하늘로 휙 날려 버리자 소녀들은 눈을 질끈 감았고 소년들은 소리를 질렀다. 그러나 수호인들의 우려와는 달리 양은 버둥거리는 몸짓으로 하늘 위까지 올라가다가 펑 소리와 함께 분해되었다. 분해된 털들은 제각각 빛나는 별들로 변해서 깜깜한 하늘 위에 양자리의 모양으로 보석처럼 박혔다. 수호인들은 탄성을 내지르며 그 경이로운 광경을 두 눈 속에 하나라도 더 담기 위해 애썼다.

"시비어, 이런 건 사진으로 찍어 둬야 하는데."

"그러게. 너무 순식간에 지나가서 제대로 보지도 못했어."

"사진 찍는 마법은 배우지 않았지? 하다못해 사진기라도……."

"없는 거 뻔히 알잖아."

플럭이 몹시 아쉬워하자 시비어가 그에게 면박을 주었다.

"다음 별자리 친구를 찾으러 가자."

데이피는 양자리를 찾은 일을 계기로 별자리를 찾는 데 흥미가 붙었는지 가벼운 발걸음으로 앞장섰다. 반짝반짝 빛나는 양자리 덕분에 길거리는 조금 밝아졌다. 그러나 후르뎀 3구역 사람들은 곤히 자고 있는지 바깥을 내다보기는커녕 아무도 살지 않는 것처럼 조용하기만 했다. 수호인들은 흩어져서 찾기로 하고 두세 명씩 짝지어 돌아다녔으나 별다른 성과가 없었다.

"처음에 너무 쉽게 찾아서 그런지, 빨리 찾아지지 않아 답답해죽겠어."

구름을 꾹꾹 밟으며 투덜거리는 사람은 위시드였다. 그녀는 다른 두 소녀들과 함께 후르뎀 2구역의 공터를 뒤지고 있던 중이었다. 소녀들은 비오듯이 땀을 쏟고 있었다.

"이제 정말 지쳤어."

바이올렛은 쓰러지다시피 벤치에 앉았다. 그녀는 실로 오랜만에 의자에 앉은지라 크게 한숨을 내쉬며 "좋다!"라고 외쳤다.

"이리 와서 좀 앉아."

바이올렛이 시비어에게 말했으나 시비어는 공터를 뒤지는 데 열중해 그 소리를 듣지 못했다. 그녀가 이상하리만치 별자리 친구들을 찾는 데 열정을 다하자 위시드는 그런 그녀를 의아하게 여겼다.

"좀 쉬면서 해도 되잖아."

위시드가 말하자 시비어는 이마의 땀을 대충 닦으며 말했다.

"생각해 봐. 2년 동안 빛 한 줄기 없는 곳에서 생활하기가 얼마나 불편했겠어. 한시라도 빨리 그 고통에서 구해 주고 싶어."

"너그럽기도 하다."

위시드가 깔깔 웃으며 벤치에 앉자, 시비어는 어깨를 으쓱하곤 흙 속을 파헤치기 시작했다.

"깍깍."

"이게 무슨 소리지?"

덤불까지 뒤지던 그녀는 머리 위에서 지저귀는 새의 울음소리가 들렸다. 그녀가 천천히 고개를 쳐들자 금으로 만든 왕자 모양의 동상이 눈에 들어왔다. 머리부터 발끝까지 금으로 덕지덕지 칠해진 왕자님의 손 위에는 새까만 까마귀가 날개를 접은 채 꼼짝 않고 앉아 있었다. 시비어는 회심의 미소를 지으며 외쳤다.

"저길 봐! 까마귀자리야."

위시드와 바이올렛은 벤치에서 벌떡 일어나 동상 앞까지 단숨에 달려갔고 까마귀를 발견하고는 폭소를 터뜨렸다. 그들이 신나게 웃어대는 와중에 시비어는 어느새 왕자님의 발밑까지 기어 올라가고 있었다. 그녀는 손을 쭉 뻗어 왕자님의 손등 위에 앉은 까마귀를 덥석 붙잡았고 밑에서 올려다보고 있던 위시드와 바이올렛은 손뼉을 쳤다.

"떨고 있어. 가엽게도."

재를 뒤집어 쓴 것처럼 새까만 까마귀는 좀전에 데이피가 찾아냈던 양자리와 마찬가지로 오들오들 떨고 있었다. 시비어의 두 손 안에 쏙 들어올 정도로 작은 까마귀는 동그란 눈을 데룩데룩 굴리면서 소녀들을 살펴보다가 눈을 질끈 감았다.

"자! 네 원래 자리로 가."

시비어는 온 힘을 다해 까마귀를 하늘로 던졌고, 이윽고 펑 소리와 함께 하늘에는 아름다운 까마귀자리가 수놓아졌다. 그 모습을 흐뭇하게 바라보던 소녀들은 갑자기 달그락거리는 소리에 깜짝 놀라고 말았다.

"저 왕자님이 쓰고 있는 왕관을 봐. 움직이고 있어!"

바이올렛의 말대로 금으로 입혀진 왕자 모양 동상이 쓰고 있는 루비며 사파이어며 에메랄드가 촘촘히 박힌 왕관이 스스로 덜그럭거리며 움직이고 있었다. 시비어는 "왕관자리다!"라고 외치며 또 한번 동상을 기어 올라가기 시작했다. 그녀는 곡예사와 같은 유연한 몸짓으로 왕자의 머리에 매달린 채 왕관을 낚아챘다. 그녀가 아슬아슬하게 매달려 있는 동안 위시드와 바이올렛은 동상 밑에서 혹시라도 시비어가 떨어지면 받쳐 주기 위해 엉거주춤한 자세를 취하고 있었다. 그러나 시비어는 원숭이처럼 날렵한 동작으로 동상을 무사히 기어 내려왔고 땅에 발을 닿자마자 왕관을 하늘로 높이 던져 올렸다.

왕관은 컴컴한 하늘까지 날쌔게 날아가 까마귀자리 바로 옆에 아름답게 수놓아졌다. 왕관자리가 펑 하고 분해되면서 바닥으로 떨어진 보석들은 모두 수호인 소녀들의 몫이 되었다. 위시드가 각각 마음에 드는 것을 골라 가지자며 참새처럼 재잘댔으나 시비어가 그녀를 말렸다.

"이건 후르뎀 2구역 사람들의 것이니까 우리가 손댈 수 없어. 나중에 돌려주자."

위시드가 아쉬운 듯 자신의 가방에 차곡차곡 넣자, 시비어는 그녀에게 잘했다며 칭찬까지 했다.

"그러고 보니 벌써 3개나 찾았잖아."

미묘한 분위기를 바이올렛이 전환시켰다.

"다른 곳에도 한번 가보는 게 어때?"

"저쪽에 물이 보여."

"저곳으로 가보자."

공터에서 2개의 별자리를 수확한 소녀들은 밤빌리 연못으로 이동했다. 그들은 다른 별자리를 찾게 될지도 모른다는 희망에 부풀어 있었다. 밤빌리 연못은 아무도 가꾸는 사람이 없어 제멋대로 풀이 자라 있었지만 투명한 물 속에서 노니는 물고기들은 용케도 살아 있었다. 검은 몸에 분홍 지느러미가 우아하게 달린 물고기, 오색 빛깔 비늘이 달린 매끈하게 헤엄치는 물고기, 통통하게 살이 오른 황금색 물고기, 얼룩무늬로 예쁘게 덮인 지느러미가 화려한 물고기 등 수십 마리의 아름다운 물고기들이 펄떡거리며 헤엄치는 모습은 실로 장관이었다.

"어쩌면 이 속에 물고기자리가 있을지도 몰라."

'어쩌면'이란 가정을 붙인 바이올렛의 목소리는 그야말로 확신에 가득 차 있었다. 시비어가 몸통이 황금색인 통통한 물고기를 건져 올려서 하늘로 던지는 시도를 했으나 물고기는 조금 위로 솟구치나 싶더니 이내 물 속으로 첨벙하고 떨어져 버렸다.

"이 물고기가 아닌가 봐."

"그럼 각자 닥치는 대로 잡아서 던져 보자."

위시드의 제안은 조금 가혹한 것이었으나 수호인들은 그런 것을 따질 새가 없었다. 너도나도 물고기를 손아귀에 넣기 위해 분주하게 뛰어다니는 모습은 우스꽝스러웠다. 수십 마리의 물고기들을 모두 사로잡아 위로 내던지는 일은 쉽지 않았다. 요리조리 피해 다니는 물고기들 중 하나를 가까스로 잡았다 싶으면 곧바로 실망을 안겨주어 소녀들로 하여금 맥이 풀리게 했다. 위시드는 자신이 간신히 잡은 얼룩무늬 물고기가 물 속으로 곤두박질치자 바닥에 주저앉으며 칭얼거렸다.

"도대체 어느 게 어떤 건지 알 수가 없잖아. 얼룩무늬 물고기만 세 번은 던진 것 같아."

"어라? 이것들 좀 봐."

바이올렛이 위시드의 팔을 잡아끌며 가리킨 것은 쌍둥이처럼 꼭 닮은 두 마리의 물고기였다. 그것들은 까만 몸뚱이를 가지고 있었고, 지느러미도 새카맸다. 꿈뻑거리는 두 눈 가운데에는 빨간 점이 박혀 있었는데, 그보다 더 눈길을 끈 것은 그 두 마리를 서로 이어주는 아주 가느다란 빨간 실이었다. 바이올렛과 시비어가 한 마리씩 도맡아 쌍둥이 물고기를 잽싸게 낚아채자 위시드는 그것들을 어서 위로 던지라며 재촉했다. 빨간 실로 연결된 두 마리의 물고기는 지느러미를 펄떡거리며 까만 장막 같은 하늘까지 내달음질쳐 폭죽 소리와 함께 하늘 위에 촘촘히 박혔다. 세 소녀는 물고기자리가 영롱하게 빛나는 모습을 넋을 잃고 올려다보았다.

소녀들이 밤빌리 연못에서 찾은 물고기자리를 하늘로 올려 보내고 있을 때, 소년들도 훨씬 더 밝아진 밤하늘을 가리키며 기뻐하고 있었다.

"저길 봐, 별자리가 하나 더 생겼어."

"아마 그애들이 찾은 거겠지?"

듀보어 형제는 승부욕이 생긴 나머지 2구역의 거리를 쏜살같이 헤집고 다녔다.

"여기에 오두막이 하나 있는데 들어가 볼까?"

허름한 오두막을 발견한 것은 가장 느긋하게 걸어가던 필리코니스였다. 그는 소녀들이 다녀갔던 공터 맞은편에 덩그러니

놓여 있는 오두막의 문을 열려던 참이었다.

"문이 안 열려."

필리코니스가 난색을 표하자 프랭크는 파란 크리스털을 문고리에 들이댔다.

"이걸 봐. 매듭이 묶여 있어."

그의 말대로 문고리에는 새까만 실로 촘촘히 매듭이 묶여 있었다. 두 소년은 낑낑대며 매듭을 풀려 했으나 매듭은 쉽사리 풀리지 않았다.

"가만, 이거 머리카락 같은데?"

프랭크는 흠칫 놀라며 매듭을 쥐고 있던 손을 얼른 떼버렸다. 확실히 그 매듭은 가느다란 실타래와도 같은 머리채였다. 새까만 머리채에 크리스털의 푸른빛이 어스름하게 비추자 그것은 미세하게 움직이기 시작했다.

"플럭, 그만둬! 머리털자리일지도 몰라."

필리코니스는 절단 마법으로 매듭을 자르려는 플럭을 막아서면서 소리쳤다. 그가 꾸물거리는 머리털을 양손에 쥐고 옆으로 홱 잡아당기자 머리털은 스르르 매듭을 풀었다.

"어서 던져!"

필리코니스는 이제 웬만큼 환해진 밤하늘을 향해 머리털을 있는 힘껏 던졌고, 그것은 빠르게 날아가 펑 하는 소리와 함께 별자리로 바뀌었다. 크고 작은 별들이 반짝거리며 물고기자리 옆에 나란히 박힌 모습은 만발한 꽃다발 같았다.

"우리도 하나 해낸 거지?"

"이제 뱀자리만 남은 건가?"

플럭과 데이피가 수군거리는 동안 필리코니스는 오두막으로 들어갔다. 오두막 안은 몹시 어두웠으나 크리스털이 비추는 빛으로 인해 금세 밝아졌다. 오두막 안은 겉보기와는 다르게 호화스러웠다.

"다 쓰러져 가는 오두막인 줄로만 알았더니 안은 궁전이 따로 없네."

플럭은 바닥에 굴러다니는 까만 진주들을 주워 손에 가득 담으며 말했고, 프랭크는 그걸 내려놓으라고 계속 참견해 댔다.

"스스슥— 스슥"

순간, 어디선가 나타난 은빛 뱀 한 마리가 프랭크의 다리를 덥석 물었다. 프랭크는 외마디 비명을 내지르며 바닥에 쿵 하고 나자빠졌다.

"뱀이잖아!"

"어떻게 좀 해봐!"

플럭과 필리코니스가 허둥대는 사이에 데이피는 침착하게 마음을 가다듬고 지팡이를 꺼내 들어 주문을 외쳤다.

"애니멀로우!"

지팡이로부터 주홍색 연기가 피어올랐다.

"너희들 때문에 모든 게 엉망이 돼 버렸어. 조금만 더 기다렸더라면 2구역의 별빛을 영원히 빼앗을 수 있었는데 너희들이 내 계획을 망쳐 놓았어."

프랭크의 발목을 물은 송곳니를 뽑아낸 뱀의 입에서는 사람의 말이 술술 나왔다. 플럭은 말하는 뱀의 모습을 보고 질겁하며 프랭크를 그 흉측한 생물로부터 떼어놓기 위해 달려들었다

"무슨 소릴 하는 거냐. 어서 원래 네 자리로 돌아가!"

데이피는 여느 때와는 다른 엄한 목소리로 뱀에게 명령했으나 뱀은 뒤로 슬슬 기면서 혀를 내밀 뿐이었다.

"다른 별자리들이 도망치게끔 압력을 넣은 게 너지?"

프랭크는 피가 흐르는 다리를 절뚝거리며 성질을 버럭 냈다.

"쳇, 그랬다면 어쩔래?"

투덜거리는 뱀의 눈은 반달 모양처럼 휘어졌다.

"스스슥, 스스슥."

뱀이 이번엔 필리코니스를 물기 위해 달려들었으나 그는 뱀의 머리를 구둣발로 짓눌렀다. 그가 뱀에게 죽지 않을 정도의 힘을 가하자 뱀은 필사적으로 버둥거렸다. 그의 발밑에 깔린 뱀은 두 갈래로 갈라진 혀를 내밀고 파르르 떨며 외마디 비명을 질렀다.

"필리코니스, 그만 놔주고 그걸 별자리들이 있는 곳으로 보내야지."

그렇게 말하는 플럭은 정작 뒤로 물러서 있었다. 프랭크조차 뱀에게 손대기 싫다며 떼를 쓰자 결국 데이피가 싫은 표정을 지으며 그것을 움켜쥐고 오두막 바깥까지 가져갔다.

"지긋지긋한 것!"

데이피는 버둥거리는 은색 뱀을 하늘로 돌팔매질하듯이 세게 던졌고, 뱀은 발에 밟혀 찌그러진 머리를 이리저리 흔들며 반항

했지만 이내 밤하늘의 별자리가 되어 눈부신 빛을 뿜어냈다. 처음 그들이 도착했을 때 한 치 앞도 볼 수 없었던 후르뎀 2구역은 이제 수호인들이 찾아낸 별자리들이 발하는 빛과 크리스털이 비추는 빛으로 대낮처럼 밝아졌다. 소년들이 자신들의 공을 내세우고 있는 사이, 데이피는 뱀을 만진 손을 옷소매에 닦으며 궁얼거리고 있었다.

"벌써 다 찾은 거야?"

명랑한 목소리는 위시드의 것이었다. 그녀는 함박웃음을 지으며 노란 크리스털을 자신의 가방에 집어넣고 있었고, 그녀의 양 옆에는 시비어와 바이올렛이 뿌듯한 얼굴로 서 있었다.

"쌍둥이자리가 남았잖아."

필리코니스가 무뚝뚝하게 말했다.

"앗, 아까 오두막에서 어린애 한 명을 본 것 같아."

프랭크였다.

"진작 말하지 그랬어."

플럭이 채근하자 프랭크는 바지를 걷어 올리며 그에게 상처를 들이밀었다.

"아까는 뱀한테 물려서 경황이 없었잖아. 깊숙하게 안 박혀서 다행이지."

이런저런 일들로 몸을 수도 없이 다쳤던 프랭크는 이제 웬만한 상처에는 끄떡도 안 할 정도로 면역이 생겼다. 그의 다리에 난 흉측한 상처를 본 소녀들은 눈살을 찌푸렸다.

"그럼 다시 오두막으로 가봐야겠네."

필리코니스는 썩 내키지 않는 기분을 추스르며 오두막으로 갔다. 뱀이 사라진 그곳은 훨씬 안정감이 있었다. 필리코니스는 오두막 구석에 오도카니 앉아 있는 아기를 볼 수 있었다. 두세 살쯤 되어 보이는 아기는 자기 몸집만한 커다란 거울을 들고 칭얼대고 있었다.

"저 애기가 쌍둥이자리일까?"

필리코니스가 옆에 있던 바이올렛에게 묻자 그녀는 고개를 설레설레 흔들며 답했다.

"쌍둥이는 적어도 둘 이상이야. 저 애긴 지금 혼자잖아."

"그렇지."

필리코니스가 고개를 끄덕이며 발길을 돌리려는 찰나 시비어가 흥분하며 외쳤다.

"저걸 봐! 거울에 비친 아기가 저절로 움직이고 있어."

시비어의 말대로 거울에 비친 아기의 모습은 거울 속에서 제멋대로 움직이고 있었다. 거울을 들고 있는 아기가 칭얼대면 거울 속의 아기는 깔깔대는 식이었다. 시비어는 살금살금 아기의 뒤로 다가갔고, 필리코니스도 그녀를 뒤따랐다. 시비어는 순식간에 아이를 뒤에서 붙들었다.

"으앙—"

아기는 울음을 터뜨렸으나 시비어는 아기를 더 꽉 감싸 안았다. 시비어가 버둥거리는 아기를 업고 오두막을 빠져나가는 동안 필리코니스는 바닥에 내팽개쳐진 거울을 집어들었다. 거울 속에는 아까 시비어가 데리고 나갔던 아기와 꼭 닮은 아기가 웃고 있었다. 필리코니스가 크게 숨을 들이쉰 후 지팡이로 거울을 내려치자 와장창 하는 소리와 함께 유리가 깨지면서 아기가 기어 나왔다. 필리코니스는 냉큼 아기를 들쳐 업고 바깥으로 내달렸다. 바깥에선 시비어가 그를 기다리고 있었다. 시비어와 필리코니스의 품안에서 각각 칭얼대던 두 아기는 서로의 얼굴을 보더니 이내 깔깔대며 웃기 시작했다. 그들은 동시에 하늘로 올려졌고, 곧 환하게 반짝이는 쌍둥이자리가 되었다.

"무거워서 혼났어."

"솔직히 사람을 하늘로 던진다는 건 썩 내키지 않는 일이야."

시비어가 팔을 휘두르며 투덜대자 필리코니스가 덧붙였다.

"그래도 결국 다 찾은 거잖아?"

"그렇지. 이제 2구역도 활기를 띠겠네."

순간, 별자리가 모두 제자리를 찾은 동그라미 모양의 하늘이 굉음과 함께 빙글빙글 돌기 시작했다. 수호인들이 찾은 7개의 별자리들이 이리저리 움직이다가 정7각형을 만들자 그 중심에서 별자리 하나가 저절로 생겨났다.

"저게 뭐지?"

"우리 쪽으로 달려오고 있어."

"조심해!"

우왕좌왕하는 수호인들이 있는 곳까지 하늘에서부터 달음질쳐 내려온 그것은 페가수스자리였다. 깨끗한 흰색 털을 가진 이 별자리의 마스코트는 커다란 날개를 달고 있었다. 이겔이라고 불리는 날개달린 말의 갈기는 금색이었고 눈동자는 오묘하게 빛나는 무지개 색이었다. 일곱 가지 색으로 빛나는 눈동자로 수호인들을 주욱 훑어본 이겔은 입을 우물거리며 무언가를 말하려 했다.

"이 날개 달린 말은 뭘까?"

"페가수스자리야."

위시드의 물음에 프랭크가 대꾸했다.

"수호인들은 그 말을 타야 한다."

어디선가 들려온 거친 음성에 놀라 뒤를 돌아본 수호인들은 깜짝 놀랐다. 후르뎀 2구역의 주민들이 모두 바깥으로 뛰쳐나와 그들을 에워싸고 있었다. 2구역 주민들은 그들의 얼굴부터 발끝까지 한없이 사랑스러운 눈길을 보냈고, 어떤 이들은 땅에 입을 맞추기도 했다. 마을의 간부인 토고가 천천히 입을 열었다.

"수호인들이 별자리 친구들을 찾아준 덕분에 그동안 후르뎀 2구역을 숨 막히게 덮고 있던 어둠의 장막이 걷어졌다."

토고는 전에 보았던 원숭이와 같은 흉한 몰골이 아니었다. 그는 구부정했던 허리를 꼿꼿이 펴고 머리도 단정히 빗은 채로 수호인들을 똑바로 마주보고 있었다. 다만 그의 손발만은 흉하게 굽은 예전 모습 그대로였다.

"그 날개 달린 말은 이겔이다. 이겔은 수호인들을 카네트 산까지 안전하게 데려다 줄 것이다."

토고가 덧붙이자 수호인들은 날개 달린 말에게 눈길을 돌렸다. 말은 천천히 그들 쪽으로 다가왔고, 수호인 일곱 명은 순순히 말의 널찍한 등에 차례차례 엉겨 붙었다. 이겔의 크기는 엄

청났기 때문에 수호인들은 모두 넉넉한 자리를 차지할 수 있었다. 거구의 말은 천천히 날개짓을 하며 떠올랐고 2구역 주민들은 그 모습을 감격에 찬 얼굴로 올려다보았다.

주민들은 후르뎀 2구역 입구까지 수호인들을 태운 말을 배웅했다. 수호인들은 힘차게 손짓하며 그들에게 작별인사를 건넸다. 후르뎀 2구역에는 모처럼 평화가 깃들었다.

27

뭉보 로리스의 파괴의 집

21

로리스를 태운 날개 달린 흑마는 그의 집 앞까지 쏜살같이 달렸다. 후르뎀 3구역 최북단에 위치한 그의 집은 지붕까지 번쩍거리는 철과 알루미늄으로 꼼꼼히 땜질한 네모나고 완벽한 정사각형 모양이었다. 멀리서 보면 마치 쇠로 만든 주사위처럼 보였는데 크런지에 사는 후르뎀 주민에게는 두려운 존재였고, 크라운들에겐 경외의 대상이었다.

그가 그 집에 틀어박혀 뭔가 무시무시한 일을 꾸미고 있다는 뜬소문이 아예 기정사실이 되어 버린 지 오래였지만 그래도 아직까지 꽤 많은 크라운들이 그를 따르고 있다. 이유는 그가 크런지의 최고 간부자리를 맡고 있는 데다가 도립학교의 교수자리까지 맡고 있는 유능한 인물이었기 때문이다. 뿐만 아니라 기분이 좋을 때면 닥치는 대로 먹어대고 박수를 치는 폭발적인 성격과 꼭 기름이 흐를 것만 같은 풍채 좋은 큰 덩치도 큰 요인 중의 하나였다.

"주머니에 쏙 집어넣을 수 있을 정도로 작아진 후르뎀 아가씨는 과연 누구일까!"

그가 흑마에서 둔하게 뛰어내리자 주머니 속에 들어 있던 콜링이 아우성치기 시작했다. 그러나 로리스는 뭐가 그리 즐거운지 끔찍한 가사를 신나는 멜로디에 붙여 싱글벙글하며 흥얼거렸다.

"내보내 줘."

콜링은 사력을 다해 발을 구르고 목청이 터져라 외쳤으나 로리스가 톡 하고 손가락으로 주머니를 건드리면 그만이었다.

"이 눈깔을 파내도 시원치 않을 놈!"

콜링은 점점 과격해지고 있었다.

"죽어라, 죽어!"

그녀가 미친 듯이 로리스에게 저주를 퍼부었으나 거구의 교수 로리스는 오히려 점점 더 즐거워하는 기색이 역력했다. 그는 날개 달린 흑마를 마당에 얌전히 묶어 두고는 굳게 닫힌 철문을 가뿐히 열어 집 안으로 들어갔다.

한 사람이 겨우 지나갈 수 있을 정도의 좁은 통로가 집 한 가운데에 위치한 거실과 연결되어 있었으므로 그는 그 큰 몸으로 간신히 통로를 통과해야만 했다. 그가 마치 한 마리의 살찐 벌레처럼 통로를 꾸역꾸역 빠져나가는 바람에 외투 주머니가 벽에 짓눌렸고 콜링은 외마디 비명을 질렀다. 그러나 그는 콜링의 비명소리를 듣는 것이 유쾌한지 그 와중에서도 즐거운 듯 박수를 쳐댔고, 주머니 속의 가여운 콜링은 절망하며 주저앉았다.

로리스의 주머니 속은 매우 더러웠다. 때문에 온갖 먼지들이 콜링의 콧속을 끊임없이 간질였고 그녀는 가끔 가다 머리 위로 떨어지는 과자 부스러기들 때문에 죽을 지경이었다. 그녀는 주머니 속에서 빠져나가기 위해 끊임없이 기어올랐으나 번번이 미끄러지는 바람에 실패했다. 게다가 앞을 볼 수 없게 된 딱한 사정 때문에 마른 비스킷 조각 위로 사정없이 굴러 떨어지기도 하고, 뾰족한 가시에 찔리는 바람에 탈출은 무리였다. 절망할 기운조차 깡그리 소진해 버린 그녀는 숨을 헐떡이며 단추를 붙잡고 중심을 잃지 않기 위해 몸부림쳤다. 로리스는 그런 그녀를 아랑곳하지 않고 자신의 거대한 몸뚱이를 좌우로 흔들며 굼뜬 동작으로 통로를 빠져나갔다.

좁다란 통로 끝에 거실이라고 보기에는 너무 넓은 공간이 나타나자 로리스는 이마의 땀을 손으로 훔치며 심호흡을 했다. 거실에서 다른 방으로 갈 수 있는 문은 셀 수 없이 많았는데, 철로 땜질한 정사각형 모양의 문들은 거구인 로리스가 허리를 굽히고 들어가야 할 만큼 그 키가 낮았다. 그는 망설이다가 세번째 방의 손잡이를 덥석 잡았다. 쿵쿵거리며 방 안을 가로질러간 그는 침대 위에 벌렁 드러눕더니 이내 코를 골기 시작했다.

"돼지 같은 게 코까지 골아?"

여전히 주머니 속에 갇혀 있는 콜링은 갖은 욕을 퍼부었으나 그녀의 항의에 대꾸해 주는 사람은 아무도 없었다. 철로 만든 로리스의 집은 로리스의 코고는 소리만으로 흔들릴 지경이었다.

한편 2구역에서 허둥지둥 벗어난 매더스 남매는 1구역에 있는 콜링의 집으로 피신했다. 진은 콜링의 집 대문을 벌컥 열며 소리쳤다.

"콜링, 우리가 왔어!"

진이 떠들썩하게 외쳤으나 아무런 대답이 없었다.

"혹시 자고 있을지도 몰라."

진은 콜링의 침실로 허겁지겁 뛰어올라 갔고 류도 그녀를 뒤따랐다. 그는 또다시 엉망이 된 거실을 보면서 혀를 찼다.

"내가 땀을 뻘뻘 흘리며 치워 줬건만 또다시 어지럽히다니."

"오빠, 여러 소리 말고 빨리 좀 올라와."

진은 류를 채근하며 바삐 계단을 올라가 콜링의 침실에 다다랐다. 2층에 위치한 콜링의 방문은 열려 있었다. 조심스럽게 방 안에 들어간 진은 콜링이 사라졌다는 사실에 소스라치게 놀랐다. 창문이 활짝 열린 채 텅 비어 있는 방 한가운데에 우뚝 선 진의 머리 속에는 불길한 생각이 스쳐 지나갔다.

"류, 로리스의 향수 냄새야."

"무슨 소리야?"

뒤따라 들어온 류가 물었다.

"로리스 햄프가 콜링을 납치했어!"

진은 창문 턱에 붙어 있는 메모를 읽고는 그것을 갈기갈기 찢으며 소리쳤다. 진의 목소리는 분노에 차 있었고, 류는 순간 아찔함을 느꼈다. 그가 내심 존경해 왔던 로리스 교수는 선량한 교육자의 탈을 쓴 무시무시한 음모자였던 것이다. 그들은 생각할 틈도 없이 후르뎀 3구역을 향해 달렸다. 그들은 한시라도 빨리 로리스로부터 콜링을 구해야 한다는 것 외엔 아무 생각도 나지 않았다. 숨이 턱까지 차올랐지만 걸음을 멈출 수는 없었다.

22

이겔에 몸을 실은 수호인들은 후르뎀 1구역부터 3구역까지 흐르는 냇가를 내려다보며 저마다의 생각에 잠겨 있었다. 그들은 하늘을 나는 말에 태워진 채 크런지와 분노의 숲 등 여러 장소를 지나쳤다.

얼마쯤 날았을까. 이겔은 후르뎀 3구역 울타리 부근의 건조한 땅 위에 착지했다.

"벌써 도착한 거야? 여긴 어디야?"

이겔이 날개를 접고 커다란 말발굽으로 힘차게 땅을 구르자 맨 뒤에 매달려 자고 있던 데이피는 화들짝 놀라 잠에서 깼다. 마찬가지로 쏟아지는 졸음을 간신히 참고 있던 수호인들은 이겔의 등에서 한 명씩 내려왔다.

"후르뎀 3구역."

담쟁이가 지저분하게 휘감은 울타리 사이에 간신히 얼굴을 내밀고 있는 후르뎀 3구역의 간판은 초라했다. 필리코니스가 간판을 읽어 내려갔고 수호인들은 주변을 휘휘 둘러보았다. 그다지 경계할 대상이 없다고 생각한 수호인들은 울타리를 박차고 당당하게 마을에 발을 디뎠다.

"이겔이 우릴 이곳으로 데려다 놓은 건 스스로 생각해서 결정한 것이겠지?"

멀미를 하느라 구역질을 하던 시비어는 위시드의 물음에 손사래를 쳤다.

"그럴 리가. 한낱 말일 뿐인데."

"그렇지만 날 수 있다는 건 대단하잖아. 눈을 보고 있으면 어쩐지 사람하고 마주 대하는 것 같단 말이야."

위시드는 이겔의 고삐를 돌부리에 묶으며 말했다. 이겔이 후르뎀 3구역에 들어가기 싫은지 자꾸 뒷걸음질쳤기 때문이다.

필리코니스는 재촉하며 일행을 앞질러 나갔다. 그가 휘휘 손을 내저으며 쏜살같이 걸어가자 뒤따라가던 소년들은 그를 흉보기 시작했다.

"가만 보면 재촉 안 할 때가 없다니까."

프랭크가 운을 떼자 다른 두 소년들도 대화에 끼여들었다.

"어쨌든 중요한 건 너무 독선적이라는 거야."

데이피가 짜증난다는 듯이 말하자 바이올렛이 그에게 책망하는 목소리로 반박했다.

"그게 다 추진력이 있기 때문이야. 또 리더로서 책임감 때문이겠지. 막말로 우리를 다그치는 사람이 없었더라면 우리가 이곳까지 무사히 올 수 있었을까?"

데이피의 얼굴은 미묘하게 굳어졌다. 바이올렛은 아랑곳하지 않고 덧붙였다.

"함께 위험을 겪으면 누구나 할 것 없이 똑같이 나약해지지만, 그래도 꿋꿋하게 버티면서 우리에게 손 내밀어 준 건 필리코니스잖아. 뒤에서 끌려가다 보니 우리가 이렇게 태연히 흉을 볼 수도 있잖아. 앞에서 끌어주는 입장도 생각하는 게 어때?"

단숨에 말한 바이올렛은 묵묵히 혼자 걷고 있는 필리코니스에게 달려갔고 데이피는 건성으로 고개를 끄덕였다.

플럭은 여행을 시작한 이후로 확실히 우유부단해지고 있었다. 데이피와 프랭크는 어깨를 으쓱하고 터벅터벅 무거운 걸음을 옮겼다. 후르뎀 3구역의 입구에서 주택가까지는 꽤나 먼 거리였으므로 수호인들은 한참을 걸어야 했다.

"대체 뭐지? 개미 새끼 한 마리도 안 보이잖아."

입구에서 이어진 구름 도로 위에는 놀라우리만치 아무것도 없었다. 갑자기 뭔가가 튀어나올 것 같은 분위기 때문에 불안해하던 수호인들은 쏜살같이 주택가로 접어들었다. 후르뎀 3구역의 주택가에는 집들이 빽빽이 늘어서 있었다. 심지어 3층, 4층까지 높이 올라간 집들도 심심찮게 볼 수 있었다.

"유리잖아!"

시비어가 도로 위의 집들을 가리키며 탄성을 질렀다. 그녀의 말대로 3구역의 집들은 외벽이 전부 유리로 되어 있었다.

"그러게. 전면이 유리네."

"멋지다."

위시드의 입이 쩍 벌어졌다.

"뭐가 멋지다는 거야. 도대체 사생활이란 게 없잖아."

프랭크가 퉁명스럽게 대꾸했다.

"집안에 있는 사람들 모습이 훤히 다 보인다."

그런데 그들이 가만히 살펴보니 투명한 유리 벽 안에는 후르템 3구역 주민들이 제각기 다른 자세로 죽은 듯이 멈춰 있었다. 그들은 마치 살아 있는 단백질 인형처럼 눈 한번 깜빡이지 않고, 어떤 이는 빵을 굽고 있었던 모양인지 빵 반죽을 올려놓은 틀을 쥔 채로, 어떤 이는 깔깔거리며 웃고 있었는지 배를 쥔 채로 굳어 있었다.

"저 사람들 완전히 굳어 버렸는데?"

"이상하다. 왜 움직이지 않는 걸까?"

프랭크가 시비어와의 대화에 열중하고 있을 때, 유리에 코를 박은 채 유리집 속의 기묘한 모습을 훔쳐 보던 위시드가 찢어지는 비명소리를 내질렀다

"무슨 일이야?"

수호인들이 그녀에게 다가가기도 전에 그녀는 유리 집 벽면에 바짝 다가선 채로 몸이 굳고 말았다. 위시드가 마네킹처럼 굳어 버리자 수호인들은 겁을 집어먹고는 그녀의 몸뚱이를 흔들었다. 그러나 그녀는 맥없이 옆으로 쓰러졌다. 돌처럼 굳은 그녀의 몸은 딱딱했고 두 눈은 초점을 잃어갔다.

"얘가 왜 이래!"

프랭크가 채 놀랄 틈도 없이 필리코니스와 바이올렛의 외마디 비명이 그의 귓가를 스쳤다. 그들도 투명한 유리 집 벽에 손을 댄 채 다른 한 손으론 위시드의 팔을 붙잡은 모양새로 굳어 있었다.

"저 집에 손을 대면 안 되겠어!"

프랭크는 다급하게 외치며 플럭과 데이피를 돌아보았으나 그들도 이미 유리 집을 만진 후였다.

"오, 맙소사."

시비어가 탄식했다. 위기에 휘말리지 않은 두 사람은 뻣뻣이 굳은 친구들 사이에 털썩 주저앉으며 절망했다. 시비어는 멍하니 누워 있는 위시드의 머리칼을 만지다가 움찔하곤 손을 거두었다. 그녀는 너무 놀라는 바람에 호흡이 곤란할 지경이었다. 바닥에 널브러져 있는 두 소녀와 오도카니 서 있는 세 소년은 목숨이 붙어 있는지조차 알 수 없을 만큼 딱딱하게 굳어 있었다.

"너무 걱정하지 마."

진의 쩌렁쩌렁한 목소리가 세 수호인의 귓전을 때렸다. 수호인들은 벌떡 일어나 매더스 남매를 반겼다. 남매의 안색은 매우 초췌했고 어딘가에 쫓기는 듯한 불안한 표정이었다. 시비어는 빠른 말투로 남매에게 물었다.

"얘들이 유리로 만든 집들을 만지고 나서 시체처럼 굳어 버렸어. 어떻게 좀 해봐."

"우리는 얘들이 걸린 마법을 풀지 못해."

류는 미안한 얼굴로 답했다. 프랭크는 바싹바싹 타들어가는 입술을 축이며 부탁했다.

"어떻게 하면 원래대로 돌아올 수 있을까? 저 마법을 누가 풀 수 있지? 응?"

류는 그에게 대답 대신 웅얼거리는 말로 대충 얼버무리며 그를 로리스의 집 쪽으로 이끌었고, 시비어와 진도 곧 그 둘을 뒤쫓았다. 유리로 만들어진 신기한 집들은 이제 그들에게 끔찍함과 공포를 가져다줄 뿐이었다. 매더스 남매와 프랭크, 시비어가 로리스 햄프의 집까지 가는 데는 꼭 10분이 걸렸다. 둥글게 솟아 오른 언덕 위에 위치한 로리스의 집은 무척이나 삭막하게 느껴졌다.

"사실 내 친구가 이 집주인에게 납치되었어."

"그리고 너희 일행이 굳어 버린 것도, 그러니까 3구역에 있는 모든 사람을 굳어 버리게 만든 것도 이 집주인의 짓이야."

진이 이를 갈며 말했다.

"집주인이 대체 어떤 사람이길래?"

시비어가 생기 없는 목소리로 묻자 진은 네모난 철문을 발로 차며 큰 목소리로 말했다.

"크라운도 아닌 주제에 크런지의 간부인 데다가 명색이 교수라는 직함까지 달고 있어서 여기저기에 영향력이 큰 사람이야."

"하지만 사람을 곤란에 빠뜨리는 걸 즐겨하지."

엄지손가락만하게 작아진 콜링이 로리스에게 시달리고 있을 생각을 하니 류는 소름이 돋았다. 불쾌한 마찰음과 함께 가까스로 철문이 열렸다.

"자, 들어와. 통로가 매우 좁아서 한 명씩 나란히 들어오는 수밖에 없어."

매더스 남매는 좁은 복도를 익숙하게 지나가며 이따금씩 수호인들을 돌아보았다. 프랭크는 어깨가 계속 벽에 부딪히는지 괴로운 표정이었고 시비어도 울상이었다.

"잠깐만 기다려 줘!"

시비어는 대열의 맨 꼴찌였기 때문에 프랭크에게 다급히 외쳤으나 프랭크는 시비어에게 신경쓸 여유조차 없었다.

"자, 잠깐만!"

시비어가 필사적으로 소리치자 진이 그녀를 돌아보며 빨리 오라는 손짓을 했다. 그러나 이윽고 시비어의 울부짖는 소리가 복도에 울려 퍼졌다.

"살려줘!"

그녀의 비명소리를 듣고 한 걸음에 달려온 매더스 남매와 프랭크는 크림색 벽에 서서히 흡수되고 있는 시비어를 보고는 입을 다물지 못했다. 그들은 시비어를 벽으로부터 건져내려는 시도를 했으나 크림색 벽엔 일그러진 시비어의 뾰족한 얼굴만이 둥둥 떠 있다가 쏙 하고 사라져 버렸다. 매더스 남매는 미친 듯이 벽을 두드렸고, 프랭크는 이제 거의 이성을 잃은 채 공포에 떨었다. 계속되는 위기의 소용돌이의 중심점에 서게 된 그는 높은 곳에서 추락하는 듯한 절망감에 허우적댔다.

"진, 이 집은 대체 어떤 곳이지?"

프랭크가 가까스로 마음을 진정시키며 물었으나 진은 이미 그 자리에 없었다. 시비어가 사라진 맞은편 크림색 벽에 진의 오른 팔만이 삐죽 튀어나와 있었다.

"진!"

류는 다급하게 동생의 버둥거리는 손을 움켜쥐었다. 그러나 진의 손을 잡은 류도 순식간에 진의 손과 함께 벽 속으로 빨려 들어갔다.

"이럴 수가!"

프랭크는 뒤도 돌아보지 않고 출구를 향해 달리기 시작했다. 그는 공포로 인해 신경이 마비될 지경이었다. 차마 내키지 않으면서도 출구를 향해 내달리는 그의 마음은 천근만근 같았다. 어느새 출구에 다다른 그는 철문을 박차고 언덕까지 단숨에 뛰어 내려가 풀밭에 몸을 던지며 거친 숨을 몰아쉬었다. 그의 머릿속을 스쳐 지나가는 시비어의 울부짖는 가엾은 모습과 진과 함께 벽으로 빨려 들어간 류의 얼굴이 생생하게 어른거려 미칠 지경이었다.

"말도 안 돼. 이곳은 미쳤어. 이곳은 완전히 미쳤다고."

프랭크는 밑도 끝도 없이 중얼거렸다.

23

벽에 삼켜진 시비어는 벽의 반대편 공간에 내팽개쳐졌다. 데굴데굴 구르는 바람에 온몸이 욱신거려 울상을 짓는 그녀에게 크림색 벽은 기계적인 목소리로 말을 건넸다. 벽이 말할 때마다 벽 중앙에 그려진(자세히 보면 살짝 튀어나와 있었다) 커다란 입 모양이 기묘하게 들썩거렸다.

"빨간 머리의 멍청한 당신."

"누구세요?"

시비어는 잔뜩 위축된 작은 몸을 더 작게 웅크렸다. 벽에 그려진 쭉 찢어지고 반질반질 빛나는 입은 쉴 새 없이 꼼지락거리며 기계적인 목소리를 뱉어냈다.

"그래도 다행이군. 비교적 쉬운 상자에 들어왔으니 말이야. 로리스 햄프의 집에 있는 상자들은 무한히 많은데 간혹 이렇게 쉬운 상자가 걸리는 경우란 드물지. 멍청한 당신으로선 횡재한 셈이군."

"누구냐니까!"

시비어는 히스테릭하게 소리를 질렀고, 벽은 그에 질세라 재빠르게 입술을 움직였다.

"예의가 없군. 난 상자 1982837번의 주인, 벽 1982837이야. 눈, 코, 귀가 없다고 무시하면 죽을 줄 알아. 난 모든 것을 알고 있으니까."

시비어는 속으로 벽이 무척이나 잘난 체한다고 생각했고, 벽은 시비어를 멍청하다고 깔보고 있었다. 사실 지금껏 벽 1982837이 똑똑하다고 인정했던 것은 자기 자신밖에 없었다. 벽 1982837은 시비어에게 희한한 이야기를 들려주었다.

"이 집의 주인인 로리스 햄프는 수수께끼를 좋아하는 사람이

어서 이 집엔 무한하게 많은 수수께끼 상자들이 있지. 여긴 1982837번째 수수께끼 상자야."

시비어는 의외로 담담한 반응을 보였다. 그녀에게 있어서 수수께끼 상자 따위는 이제 놀랄거리조차 되지 않았다.

"그래서 이 상자에서 나가기 위해선 네가 내는 수수께끼를 풀어야 한다는 거니?"

시비어가 시큰둥하게 묻자 벽에 달린 입 꼬리의 한쪽이 삐딱하게 올라갔다.

"그렇지. 정확하게 말하자면 1982837번 상자의 수수께끼를 풀어야 하는 것이지."

"알았어. 그럼 어디 한번 시작해 봐."

여전히 그녀의 목소리는 시큰둥했다.

"자."

벽 1982837에 달린 입 속에서 하얀 명주 수건이 튀어나왔다.

"그 수건으로 눈을 가려."

반질반질한 주둥이는 명령조로 말했다. 시비어는 일부러 눈가리개를 허술하게 묶고는 벽에게 덤벼들 기세로 대답했다.

"다 가렸어. 앞이 완전히 보이지 않아."

"좋은 말 할 때 제대로 해."

"하! 예리하기도 하셔라!"

시비어는 벽 1982837이 눈이 없이도 앞을 훤히 내다본다는 사실에 흠칫 놀라며 눈가리개를 꽁꽁 동여맸다. 앞이 완전히 보이지 않게 된 그녀는 벽 1982837에게 빨리 수수께끼를 내달라며 아우성쳤다.

"시끄러워. 입 좀 다물어."

벽 1982837의 입술은 신경질적으로 꿈틀거렸다. 그는 헛기침을 몇 번 하고는 바닥에 주저앉아 있는 빨간 머리 소녀에게 수수께끼의 내용을 알려주었다.

"당신의 후각에 대한 수수께끼. 단, 코에 의지하지 말라."

"그게 뭐야."

"방해하지 말고 제발 입 좀 다물라고."

"알았어, 알았어."

시비어는 질렸다는 듯 투덜댔고 벽 1982837은 끊겼던 설명을 다시 시작했다.

"이 상자의 수수께끼는 후각만으로 계절을 맞추는 것. 앞을 가린 당신은 냄새만으로 상자 안이 어떤 계절의 장면으로 바뀌었는지 맞춰야 한다."

"그걸 무슨 수로 맞춰?"

"자, 그럼 연습 삼아 한 번의 기회를 줄게. 그 다음에 본 게임으로 들어가는 거야. 아까도 말했지만 코에 의지하지 말 것."

벽 1982837은 시비어의 항변을 무시했다.

"이건 꽃 냄새잖아?"

시비어는 코를 찌를 듯한 진한 꽃 냄새에 얼굴을 찌푸렸다. 좋은 향기였으나 꽤 독한 탓에 머리가 아플 지경이었다. 그녀는 앞뒤 재지 않고 덥석 답을 말해 버렸다.

"봄!"

"어째서?"

벽 1982837은 냉정하게 되물었다.

"어째서라니. 이런 진한 꽃 냄새는 꽃이 흐드러지게 핀 봄의 들판에서나 나는 거잖아."

시비어의 대답을 들은 벽 1982837은 한참 동안 깔깔대며 자지러지는 웃음소리를 뱉어냈다. 그의 기계적인 기묘한 웃음소리가 멈출 줄 모르자 시비어는 불안감에 휩싸였다.

"멍청하긴."

벽은 시비어에게 핀잔을 주었다.

"틀린 거야?"

"그럼, 틀렸고말고. 내가 아까 분명히 말하지 않았어? 코에 의지하지 말라고."

"젠장! 후각에 대한 수수께끼라며."

"여러 소리 말고 눈가리개를 풀고 직접 봐."

시비어는 눈가리개를 허겁지겁 풀었다. 그녀의 눈앞엔 눈보라가 휘몰아치고 있었고, 그 가운데 새하얀 모피 코트를 걸치고 머리를 틀어올린 여인이 자신의 머리통 크기만 한 커다란 향수를 뿌리고 있었다. 향수 냄새는 지독한 꽃향기였다.

시비어가 자기 생각이 짧았다며 후회하는 동안 한겨울 속의 수수께끼 장면은 순식간에 사라졌고 벽 1982837은 그녀를 나무랐다.

"당부한다. 후각에만 의존하지 마."

"후각에 대한 수수께끼라면서! 게다가 난 추위도 느끼지 못했어. 눈보라가 치는데도 어째서 추운 느낌이 들지 않지? 이건 완전 사기야."

"그건 이 방에서 수수께끼를 풀 때는 촉각을 사용할 수 없기 때문이야."

"그럼 도대체 나보고 어쩌라는 거야."

시비어는 버럭 성질을 냈다. 그러나 벽 1982837은 말없이 본 게임을 준비하고 있었다. 벽 1982837의 재촉에 시비어는 다시 수건을 질끈 묶었다.

"자, 이번이 마지막 기회야. 이번에도 못 맞추면 자동으로 다른 상자로 보내지게 돼. 물론 이 상자보다 더 괴로운 수수께끼 상자를 만날 확률이 높으니까 정신을 바짝 차려야 해."

시비어는 잔뜩 풀이 죽어 있던 터라 벽이 하는 말 따윈 귀에 들어오지 않았다. 어느샌가 바닷물 냄새가 그녀의 콧속으로 스멀스멀 기어 들어왔다.

"이 냄새는?"

그녀는 코를 벌렁거리며 좀더 끈기를 갖고 냄새를 맡기 시작했다. 매캐한 연기 냄새와 뒤섞인 생선 비린내가 그녀의 코를 간질였다.

"분명 바닷물 냄새가 났었는데. 아! 혹시 바닷가에서 모닥불을 피워 놓고 생선을 굽고 있는 장면? 그렇다면 여름인가?"

그녀는 혼자 묻고 대답하며 고민에 빠졌다. 선불리 말했다간 이 집에 있는 수수께끼 상자들에서 영영 빠져나가지 못할 것 같았다.

"제한 시간이 얼마 남지 않았어."

"뭐?"

벽 1982837의 재촉에 시비어의 심장은 터질 것 같았다.

"이 소리는 뭐지?"

온 신경을 냄새를 맡는 데에만 곤두세우고 있던 그녀의 귀에 싸- 하는 소리가 스쳐 지나갔다.

"바람 소리?"

"빠드득."

이어서 들린 얼음이 쪼개지는 소리에 시비어는 벌떡 일어나며 외쳤다.

"겨울이야!"

"맞았어."

시비어는 안대를 풀고 폴짝폴짝 뛰어다니며 소리를 질러댔고, 벽 1982837은 웬일인지 흡족한 목소리로 그녀에게 축하한다는 말을 건넸다.

"사실 1982837 상자의 수수께끼는 적당히 때려 맞춰야 하는 거야. 원체 질문이 애매모호해서……."

벽 1982837의 두꺼운 입술이 몇 번 꼼지락거리더니 시비어에게 나가는 길을 틔워 주었다. 그녀는 당당한 걸음걸이로 벽을 빠져 나가려다가 그에게 작별인사를 건넸다.

"잘 있어. 네 주인님인 로리스 햄프지 뭔지 하는 작자한테도 안부 전해주고."

"그는 내 주인이 아냐."

벽이 정색하자 시비어는 벽 바깥으로 나가려던 몸을 뒤로 빼며 그에게 물었다.

"주인이 아니라고? 그럼 넌 왜 이곳에 있는 거야?"

"난 상자 1982837의 주인, 벽 1982837이니까."

"그러니까 상자 1982837의 주인은 로리스 햄프잖아."

"아니라니까."

"거짓말 마. 이 집에 속해 있는 주제에."

"속해 있지 않아."

"알았어. 알았으니까 좁아진 구멍이나 넓혀 줘."

기분이 상한 벽 1982837이 출구를 좁혀 버리자 시비어는 얼른 꼬리를 내리며 후다닥 벽 바깥으로 튀어나갔다. 그녀는 이윽고 벽에서 튀어나온 매더스 남매를 만날 수 있었다. 그들은 숨을 헐떡거리며 까치집이 된 자신들의 머리를 정돈했다.

"너희도 무사히 빠져나왔구나."

시비어는 감격에 겨워하며 진 매더스를 부둥켜 안았고, 진도 다행이라며 시비어의 등을 두드렸다.

"얼른 이 집을 빠져나가자."

"잠깐, 우리는 로리스 햄프를 만나야 해."

"뭐?"

류가 고집을 부리자 시비어는 얼굴을 찡그리며 고개를 저었다. 그러나 매더스 남매는 이미 거실과 이어진 좁다란 통로를 따라 앞서 걸어가고 있었다. 시비어는 투덜거리며 그들의 뒤를 따랐다.

"드르렁 드르렁."

거실에 도착한 그들은 폭발음같이 쩌렁쩌렁 울리는 로리스의 코고는 소리를 듣고는 겁을 집어먹었다. 진 매더스가 세번째 방문을 열기 위해 발로 문을 걷어찼으나 철로 된 문은 꼼짝도 하지 않았다.

"맥크넛!"

시비어가 잠금 해제 마법으로 문을 열자 진은 감탄사를 연발했다.

"드르렁 드르렁 드르렁~."

문이 열리자 코고는 소리가 못 말릴 정도로 크게 들려 왔다. 매더스 남매와 시비어는 귀를 틀어막고 천천히 방 안으로 발을 내디뎠다. 방 안은 꽤 넓었지만 가구가 워낙에 커서 답답하게 느껴졌다. 철로 만든 침대 옆에 놓인 커다란 책상 위에는 유리병이 올려져 있었고, 그 안에는 엄지손가락만해진 콜링이 몸부림치고 있었다.

"콜링이 저기 있어!"

진의 목소리가 너무 컸던지 로리스는 잠에서 깨어났다. 그는 엄청나게 거구인 반면에 신경이 매우 예민했다.

"오호라, 너희로군."

로리스가 기분 나쁜 웃음을 흘리며 무거운 몸을 일으키자 매더스 남매와 시비어는 슬슬 뒷걸음질쳤다.

"친구를 찾아 우리 집까지 행차하신 겐가?"

로리스의 말엔 비꼬는 투가 역력했다. 진은 역겨워서 못 견디겠다는 표정으로 그를 노려보았고 시비어도 덩달아 그를 노려보았다.

"콜링을 데려가고 싶다면 내 수수께끼를 맞혀야 하는데— 역시 너희 같은 아이들은 무리겠지?"

"무리라니. 그런 것쯤은 식은죽 먹기지."

"그렇다면 5분 동안 맞추기 바란다. 만일 맞추지 못하면 콜링은 영영 여기서 벗어날 수 없다."

로리스는 손까지 싹싹 비비며 즐거워했다. 남매는 흔쾌히 승낙했으나 시비어는 꺼림칙한 기분을 감출 수 없었다.

"문제를 내도록 하지."

운을 뗀 로리스 햄프는 자신의 방 안을 둘러보았고 매더스 남매는 침을 꼴깍 삼키며 그를 주시했다.

"진짜이면서 진짜가 아닌 것은?"

매더스 남매와 시비어는 수수께끼가 생각보다 어렵다는 것을 순간 느꼈다. 아무 말 못 하는 그들을 싱글벙글하며 바라보던 로리스는 덧붙였다.

"정확히 5분이야. 자, 이제 4분 52초 남았어."

그는 5분 알람을 맞춰 놓은 후 침대에 다시 몸을 누였다.

"뭘까? 진짜이면서 진짜가 아닌 것은?"

진이 골똘히 생각한 끝에 겨우 입을 열었다.

"대답이 여러 개가 나올 수 있겠는데?"

"이를테면—"

"인형이랄지."

류가 답하자 시비어가 받아쳤다.

"사랑이랄지."

진이었다.

"사랑이 어째서?"

류가 되묻자 그녀는 관자놀이를 꾹꾹 누르며 말했다.

"모르겠어. 그냥 그런 생각이 들었어. 사랑을 할 땐 그 순간이 진짜이고 영원할 것 같지만 사실은 언제 변할지 모르잖아."

"뭐야. 설득력이 없어! 하여간 찍어야 하는 건가?"

류가 절망하자 시비어가 조심스레 자신의 생각을 드러냈다.

"저 사람이 아까 방 안을 둘러봤잖아. 뭔가 이 방 안에 힌트가 있지 않을까?"

"응, 그럴지도."

류는 심드렁하게 대답했고 시비어는 무안한 나머지 입을 꾹 다물었다. 매더스 남매가 골똘히 머리를 맞대고 있는 동안 시비어는 로리스의 얼굴을 관찰하기 시작했다. 그는 목이 너무 짧아 머리가 거의 어깨 살에 파묻힐 정도였고 턱은 세 개로 보일 정도였다. 그의 둥글넓적한 얼굴 위에는 숱이 적은 뻣뻣한 갈색 머리털이 제멋대로 솟아 있었는데 어쩐지 부자연스러워 보였다.

"설마?"

시비어의 혼잣말을 주워 들은 진이 그녀에게 물었다.

"뭐 생각난 거라도 있어?"

"아냐. 아무것도."

시비어는 좀더 생각해 보기 위해 말을 도로 삼켰다. 5분이란 시간은 훌쩍 지나 버렸고 알람 소리와 함께 로리스는 괴상한 소리를 지르며 몸을 일으켰다.

"자, 수수께끼에 대한 대답은?"

비열한 웃음을 가득 머금은 그는 유리병 속에서 발버둥치는 콜링을 보고는 능글맞게 웃었다.

"어쩌지? 뭐라고 대답해야 해?"

매더스 남매가 우물쭈물하자 로리스는 흡족해하며 양손을 비볐다.

"당신의 가발."

순간, 로리스의 얼굴이 파랗게 질렸다. 시비어는 너무나 긴장한 탓에 표정이 말이 아니었다. 매더스 남매도 푹 숙이고 있던 고개를 쳐들고 시비어를 뚫어져라 쳐다본 후 로리스에게로 눈길을 돌렸다.

"잘 안 들렸어. 다시 한 번 말해 봐."

로리스의 얼굴은 고무풍선처럼 부풀어 있었다.

"당신의 가발."

시비어는 애써 당당하게 대답했다.

"가져가라! 빌어먹을 것들."

로리스는 천천히 침대에서 내려와 탁자 위의 유리병을 집더니 매더스 남매에게 휙 하고 던졌다.

"맞춘 거야? 우리가 맞춘 거야?"

"우리라니? 내가 맞췄는데 어째서 우리야?"

시비어의 푸념은 다행히 남매의 귀에 들리지 않았고, 진은 깔깔대며 기뻐했다. 로리스가 그 큰 몸을 위아래로 들썩거리며 분해하자 매더스 남매와 시비어는 황급히 방을 빠져나갔다. 뒤도 돌아보지 않고 통로를 따라 도망치는 그들은 날아갈 것만 같은 기분이었다.

"콜링의 마법이 풀렸나 봐."

류가 들고 있던 유리병 속에 담겨 있던 콜링의 몸이 점점 커지더니 급기야는 유리병을 깨뜨렸다. 콜링은 순식간에 원래 모습으로 돌아왔고, 남매는 앞이 보이지 않는 그녀를 부축하기 위해 달려들었다.

"괜찮아."

"혼자 걷기는 무리야. 방금 마법에서 풀린 주제에 고집 부리지 말라고."

콜링이 혼자 걷기 위해 그들을 뿌리치자 진은 엄한 목소리로 말했다.

"아냐. 진짜 혼자 걸을 수 있어. 이것 봐. 이제 앞이 보이는걸."

콜링은 두 눈을 깜빡이며 진에게 얼굴을 들이댔다. 그녀의 눈가는 촉촉하게 젖어 있었다.

"그것 참 다행이야. 모든 게 잘 됐잖아?"

류는 행복한 미소를 지으며 통로를 걸었고, 앞장서 걸어가던 소녀들도 왁자지껄하게 떠들며 로리스 햄프의 흉을 보았다.

"그 돼지가 음모를 꾸미다가 머리가 굳었나 봐."

진이 큰 소리로 지껄이자 시비어와 콜링은 따라 웃었다. 로리스의 집을 빠져 나온 네 사람은 흐뭇한 발걸음으로 언덕을 내려갔다. 그들이 언덕의 중간 지점까지 내려왔을 때 우지끈 하는 소리와 함께 폭발음이 들렸다. 진은 재빠르게 뛰어 언덕을 거슬러 올라갔으나 언덕 위에 있어야 할 로리스의 집은 흔적도 없이 사라지고 난 후였다.

"로리스의 집이 눈 깜짝할 새에 사라졌어!"

진은 다시 일행이 있는 곳까지 뛰어오며 소리쳤다.

"아마 수수께끼 상자들이 반란을 일으켰을 거야."

콜링의 추측이었으나 그걸 곧이곧대로 믿는 사람은 시비어뿐이었다.

"뭐, 어찌 됐든 상관없어. 이제 우린 자유니까!"

류는 벅찬 가슴을 주체하지 못하고 목청을 돋웠고 네 사람은 행복에 겨운 표정으로 언덕을 단숨에 내려왔다. 주택가로 이어진 풀밭 위에는 프랭크가 우스꽝스러운 자세로 엎드려 있었다.

"얘는 왜 여기 넘어져 있는 거야?"

시비어가 프랭크의 축 처진 몸을 일으키며 꿍얼거렸다. 그는 어처구니없게도 로리스의 집에서 빠져나온 후 공포에 못 견딘 나머지 들판에 엎드려 잠들고 만 것이다.

"어? 어떻게 해서 나온 거야?"

"그건 내가 너한테 묻고 싶은 말이다."

넋이 나간 그에게 면박을 준 시비어는 우스꽝스러운 표정을 지었다. 아직 잠이 덜 깬 프랭크는 몽롱한 목소리로 계속 알 수 없는 말을 중얼거렸고 매더스 남매는 그 모습에 웃음을 참지 못했다. 후르뎀 3구역 주택가로 접어든 그들은 주민들의 활기차게 움직이는 모습을 보고는 감격에 젖었다. 물론 딱딱하게 굳어 있었던 나머지 수호인들도 자유롭게 움직이고 있었다.

맨 처음 유리 집을 만지는 바람에 몸이 굳어졌던 위시드는 아직도 멍해 있었고, 필리코니스와 바이올렛은 회복하는 데 시간이 좀 걸리는지 다리만 바삐 움직이고 있었다. 그들의 상반신은 아직도 굳어 있어서 우스꽝스러운 모습을 하고 있었다.

시비어가 로리스 햄프의 집에서 있었던 일과 1982837번 상자와 1982837번 벽에 대한 이야기를 큰 소리로 떠벌리자 후르뎀 3구역 주민들은 몰래 그녀의 이야기에 귀를 기울였다. 그녀의 이야기가 로리스의 수수께끼를 풀고 콜링을 구한 대목에 이르렀을 때 여기저기서 박수가 터져 나왔고, 로리스의 집이 무너진 사실을 말하자 주민들의 환호가 여기저기서 터져 나왔다.

"우린 이만 너희와 헤어져야 할 것 같아."

진이 아쉬운 목소리로 말하자, 갓 굳은 몸이 풀린 필리코니스는 그에게 몸을 돌려 이유를 물었다.

"아쉽게도 앞으로의 여정은 너희와 함께 할 수 없어. 우린 이제 1구역으로 돌아가야 하거든."

그렇게 말하는 류 또한 섭섭한 눈치였다.

"여기서 카네트 산까진 금방이야. 행운을 빌게."

진은 시원시원하게 작별인사를 했다. 매더스 남매와 콜링은 서운해하는 수호인들을 뒤로 한 채 후르뎀 1구역으로 떠났고 수호인들은 후르뎀 3구역 입구에 매어둔 이겔의 고삐를 풀기 위해 터벅터벅 발걸음을 옮겼다.

28

마지막 옵스트러 맥시멈

24

후르뎀 3구역 입구에서 차분히 기다리고 있는 이겔은 지친 기색 하나 없이 수호인들을 반기며 흰 꼬리를 흔들었다. 이겔의 등 위에 차례로 올라타는 수호인들은 허전한 기분을 감출 수 없었다. 수호인들을 실은 이겔은 빛나는 날개를 천천히 움직이며 힘차게 도약했고, 이겔의 날개가 퍼덕일 때마다 수호인들은 떨어지지 않기 위해 이겔의 등을 꽉 붙들어야 했다. 날개 달린 말은 점점 속력이 붙어 하늘에 닿을 듯이 높이 날았다.

구름마을을 완전히 벗어나기까지는 시간이 꽤 걸렸다. 후르뎀 2구역과 1구역을 지나쳐 거꾸로 흐르는 냇가에 도달한 이겔은 갑자기 방향을 꺾고 일직선으로 날기 시작했다. 그 바람에 수호인들은 놀란 가슴을 쓸어내려야 했다. 굳이 말하지 않아도 그들은 카네트 산이 가까워졌다는 걸 알 수 있었다. 기분 좋게 불던 잔잔한 바람은 어느새 거센 폭풍으로 변했고, 얼음 덩어리와 바스락거리는 마른 먼지들이 어지럽게 휘날렸다. 그것들이 이겔의 눈을 사정없이 때렸지만, 풍채 좋은 이겔은 눈 하나 깜짝 하지 않고 묵묵히 날개만 퍼덕일 뿐이었다.

"이것 좀 봐!"

위시드가 이겔의 타들어가는 살을 보며 소리쳤다. 하늘에서 불똥이 날아와 이겔의 하얀 살이 지지직 하는 소리와 함께 타들어갔으나 이번에도 이젤은 침착하게 날기를 계속했다. 주위는 어둑어둑해지고 아찔하게 높은 하늘엔 보랏빛 소용돌이가 요동치고 있었다. 그 사이사이로 새파란 구름과 콩알만한 초록색 별들이 물결치고 있었다.

"이 섬엔 해가 도대체 몇 개야?"

시비어가 찌그러진 노란 해를 가리키며 말하자 수호인들은 불쾌한 표정을 지었다. 그들은 더운 공기 때문에 짜증이 났다. 주변 공기가 후끈후끈해진 까닭은 보랏빛 소용돌이로부터 이따금씩 떨어지는 커다란 불덩이들 때문이었다. 이겔은 무시무시한 기세로 떨어지는 불덩이들을 재주껏 피하며 요리조리 잽싸게 날았다. 정작 놀라서 허둥대는 건 소년들이었다. 그들은 이겔의 등에 찰싹 붙어서 연신 콜록거렸는데, 눈에 들어간 먼지며 얼굴을 사정없이 할퀴는 뜨거운 우박들 때문에 거의 죽을 지경이었다. 순간, 폭발음과 함께 경사가 가파른 카네트 산의 정상 부근에서 바위 하나가 굴러 떨어졌다.

"뭔가 안 좋은 일이 일어날 것만 같아."

프랭크가 이겔의 엉덩이 부분에 간신히 매달린 채 중얼거리자 그의 바로 앞에 앉은 필리코니스도 고개를 끄덕였다.

"곧 옵스트러에 들어가야 해. 산 중턱에 있으니까 그곳까진 이겔이 데려다 줄 거야."

만신창이가 된 지도 위에 새겨진 글씨는 반쯤 지워져 있었고, 그것을 읽기 위해 필리코니스는 무던히 노력해야 했다. '옵스트러'라고 표시되어 있는 부근에 빨간 점이 반짝거리자 프랭크는 그것이 무엇인지 필리코니스에게 물었다.

"요주의, 위험 지역이래."

"이거 진짜 기분 안 좋은데?"

필리코니스가 빨간 점의 뜻을 설명해 주자 프랭크의 입 꼬리가 보기 싫게 축 처졌다.

이겔이 산 중턱의 상공에서 전속력으로 급강하하자 수호인들은 눈을 질끈 감았다. 여전히 불덩이가 떨어지는 혼란스러운 카네트 산의 풍경은 위험했다. 초록색 별 무더기들은 손에 잡힐 듯 어지럽게 움직였고, 척척한 흑색 땅으로부터는 펑- 하는 소리와 함께 검은 물이 튀었다. 뜨겁게 달궈진 진흙처럼 무른 땅 위에 발을 디딘 수호인들은 불쾌함보다 두려움이 앞섰다.

"이 근처에 옵스트러가 있는 거지?"

플럭이 땅에 푹푹 빠지는 발을 가까스로 빼내며 묻자 필리코니스는 말없이 고개를 끄덕였다.

맥시멈

"저기 있네."

여섯번째 옵스트러가 필리코니스의 시야에 들어왔다.

"마지막 옵스트러야."

그는 조용조용히 말했고, 수호인들은 바짝 정신을 차렸다.

"그렇구나. 더 이상은 없는 거야?"

그렇게 묻는 데이피는 더 이상의 옵스트러가 없길 바라는 눈치였다.

"응. 이게 끝이야. 지도에 표시되어 있는 건 여기까지가 전부이고, 마지막으로 주의해야 할 것은 동그라미가 쳐져 있는 이 산의 정상 부근이지."

필리코니스가 손가락으로 동그라미를 짚으며 말하자 플럭이 물었다.

"뭐가 있을까?"

"아마도 킥워드겠지."

프랭크가 필리코니스 대신 답했다.

소년들이 담담하게 대화를 나누며 여섯번째 옵스트러를 향해 걸어가는 동안 소녀들은 바이올렛과 보폭을 맞추느라 느릿느릿 걸어가고 있었다. 바이올렛은 후르뎀 3구역을 떠나온 후로 몹시 피곤해했다. 얼굴은 불에 데인 것처럼 빨갛게 상기되었고 걷기조차 힘들어했다. 눈처럼 새하얀 머리칼은 그녀의 부쩍 마른 얼굴을 보호하듯이 휘감고 있었다. 병약해진 그녀를 부축하는 위시드와 시비어의 마음도 편치 않았다.

"만약 여기서 죽으면 비극이네."

옵스트러 '맥시멈'의 입구에 선 데이피가 여섯번째 옵스트러의 입구를 우러러보며 말했다.

"넌 죽고 싶어 안달난 애 같다."

위시드가 그의 뒤통수를 노려보며 쏘아붙였고 데이피는 반사적으로 몸을 움츠렸다.

"맥크넛!"

수호인 일행의 주문에 의해 옵스트러의 문은 우레와 같은 소리와 함께 천천히 열렸고, 맥시멈의 내부가 드러났다.

"눈부셔."

위시드가 자신의 팔로 얼굴을 가리며 소리쳤다. 열린 문 틈새로 새어나온 새하얀 빛에 수호인들은 눈이 멀 것 같다며 아우성쳤다.

"그런데 너무 조용하네."

숨쉬기 어려울 정도로 무거운 침묵이 맥시멈을 가득 채우고 있었다. 그러나 맥시멈은 침묵과 빛, 두 가지를 제외하곤 위험한 요소는 찾아볼 수 없었다. 다만 지금껏 느끼지 못했던 평온함에서 비롯되는 조바심 때문에 수호인들의 마음이 편치 않았다.

"눈을 감는 수밖에 없겠어."

시비어는 고개를 수그리고 맥시멈으로 들어섰다. 그녀의 용기는 거의 객기처럼 보였다.

그녀가 선두로 나서자 나머지 여섯은 얼른 그녀를 뒤쫓았다. 옵스트러의 내부는 밖에서 보는 것보다 더 밝았다.

"계속 이런 식이라면 충분히 힘 안 들이고 빠져나갈 수 있겠……."

"쾅!"

문이 닫히며 플럭의 말허리를 뚝 잘랐다. 태산 같은 문이 닫히자마자 옵스트러 위에 동그란 천장이 생기기 시작했다.

"옵스트러 위를 뭔가가 덮고 있어!"

시비어가 외치자 수호인들은 하늘을 올려다보았다.

원래 '맥시멈'의 생김새는 이러했다. 대문으로부터 이어진 어마어마하게 높은 외벽이 삼각형을 이루었고 출구는 삼각형의 뾰족한 부분 끝자락에 나 있는 모양새였다. 다만 외벽만이 높이 솟았을 뿐 천장이 없어서 보랏빛 소용돌이와 별무리는 맥시멈 안에서도 볼 수 있었다. 치솟은 양 벽 위로 검은 장막이 덮이자 그렇게 눈부시던 맥시멈의 내부는 어둠이 드리워졌다. 이제 수호인들은 서로의 얼굴만 겨우 식별할 정도의 어둠에 익숙해져야 했다.

"출구로 달리자!"

무사하게 빠져나갈 가능성이 없다는 것을 파악한 필리코니스는 조금이나마 출구에 가까워지고 싶은 마음에 무작정 달리기 시작했다. 하지만 그들은 채 몇 발자국 달리지도 못하고 풀썩 넘어지고 말았다. 정확히 말하자면 무시무시한 소음이 맥시멈 전체를 뒤덮었기 때문에 귀를 틀어막고 몸을 비틀다가 바닥 위로 데굴데굴 구르기 시작한 것이다.

찌를 듯이 날카로운 소리, 소름끼치게 높은 소리, 뒤통수를 치는 것처럼 아프게 울리는 낮은 소리와 몸을 비틀게 만드는 찢어지는 비명소리가 뒤섞여 듣기 싫은 괭음을 만들어냈다.

"천장을 좀 봐!"

헐떡이는 목소리로 시비어가 애타게 외쳤다. 그녀가 가리키는 까만 천장 위엔 얇고도 흰 줄들이 촘촘히 나 있었다. 그 수많은 줄 위를 주먹만한 공모양의 음파 입자들이 때리면서 맥시멈을 뒤덮은 소음이 난 것이다. 귀가 찢어질 듯한 굉음으로 괴로워하던 수호인들은 천장을 보면서 해결책을 궁리하려 했으나 맥시멈을 뒤흔드는 소음 때문에 머리가 마비될 지경이었다.

'저 움직이는 것들만 없으면 되는데…….'

필리코니스는 귀를 막은 채로 바닥을 기어가며 생각했다. 하지만 그들이 주문을 외워 제어하기엔 음파 입자들이 화살 같은 속도로 날고 있었기 때문에 가능하지 않았다. 그것도 시력이 좋은 시비어만 똑바로 볼 수 있었다.

'맞추기엔 너무 빨라!'

시비어가 만든 불꽃들은 음파 입자들의 근처에도 가지 못했다. 때문에 그녀는 절망하며 머리를 쥐어뜯었고, 귀를 막은 손가락 사이로 시끄러운 소리를 내는 음파 입자들이 달려들었다.

플럭도 마찬가지였다. 그가 날리는 싱싱한 이파리들은 음파 입자들을 없애는 데 어떤 도움도 되지 못했다.

'제길, 어쩌라는 거야. 머리가 터질 것 같아.'

플럭이 고군분투하는 사이, 나머지 세 소년은 속수무책으로 고통을 견뎌내고 있었다. 그들이 할 수 있는 것이라곤 눈을 질끈 감고 출구 쪽으로 기어가는 것뿐이었다. 그러나 이내 그들은 숨조차 쉬지 못하겠다며 바닥에 엎드려 기침을 토해냈다.

"돌아 버리겠어! 죽을 것 같아."

안 그래도 기력이 없어 쓰러질 지경이던 바이올렛은 엄청난 소음 때문에 고막이 터져나가는 듯한 고통을 느꼈다. 그녀는 너무 힘든 나머지, 살고 싶다며 마음속으로 간절히 기도했다. 기도 덕분인지 수호인들을 구할 만한 생각이 퍼뜩 떠올랐다.

'위시드가 해결할 수 있어.'

바이올렛은 위시드가 넘어져 있는 곳까지 필사적으로 기어갔다. 아니나 다를까, 위시드는 목이 메인 채 도움을 구하며 외치다가 쓰러지는 행동을 반복하고 있었다. 결국 나약하게 축 늘어진 그녀를 일으키며 바이올렛은 그녀의 귓가에 대고 소리쳤다.

"일어나, 일어나서 지팡이를 손에 쥐라고!"

바이올렛은 목청껏 부르짖었으나 위시드는 기절했는지 아무런 반응도 없었다.

"제발 좀 일어나!"

바이올렛의 목소리는 제멋대로 갈라졌다. 그녀도 지칠 대로 지쳐서 위시드를 던져 버릴까 생각하기도 했다.

"크리티피~!"

결심을 굳힌 바이올렛은 깨우기 주문을 외쳤다. 바이올렛의 각고의 노력 끝에 위시드는 결국 일어나 지팡이를 쥐었다. 그러나 그녀는 머리를 양쪽으로 흔들다가 지팡이를 쥔 손을 떨어뜨렸다.

"빛이 음파 입자보다 빠르다는 건 알고 있지? 너밖에 해낼 사람이 없어."

바이올렛은 마지막 힘을 다해 위시드에게 부탁했고, 위시드는 가까스로 정신을 차렸다.

"나이리어르!"

카랑카랑하게 주문을 외우자, 그녀가 들고 있는 지팡이에서 번개가 튀어나왔다. 번쩍번쩍한 번개들은 순식간에 음파 입자의 속력을 따라잡았고, 이내 천장까지 도달해 줄들을 불태웠다. 그러던 중간 중간에 번개가 태워버린 음파 입자들이 꽤 되었기 때문에 맥시멈의 소음은 반쯤 줄었고, 수호인들은 기어가던 몸을 일으켰다.

"나이리어르!"

위시드는 목구멍에서 간신히 쥐어짠 실낱 같은 목소리로 주문을 외웠으나 그 절박함 덕분인지 번개들은 득달 같은 속력으로 튀어나왔다. 번개들의 수고 끝에 음파 입자들은 모두 사라졌다. 흉하게 일그러졌던 까만 천장도 서서히 모습을 감추었다.

"대단해, 최고야."

위시드를 향한 찬사가 끊이질 않았다. 그러나 그녀는 맥이 풀렸는지 스르르 제자리에 주저앉았고 수호인들은 그녀를 부축하며 맥시멈의 출구로 바쁘게 달렸다. 출구를 열기 위해 잠금 해제 주문을 외우는 시비어는 마지막 옵스트러를 통과했다는 사실이 새삼 뿌듯했는지 비실비실 웃기 시작했다.

문을 열자 이겔이 네모난 이빨을 드러내고 웃고 있었다. 구정물이 튀기고 불똥이 떨어지는 혼란스러운 산을 날았음에도 불구하고 그의 몸은 깨끗했다.

"좋았어. 이제 킥워드만 남은 거야!"

시비어는 호기를 부리며 제법 큰 소리로 외쳤고 아직도 귀가 얼얼한 듀보어 형제는 가장 마지막으로 이겔 위에 몸을 실었다. 간신히 이겔의 엉덩이 부근에 매달린 데이피는 넋이 나간 얼굴로 중얼거렸다.

"어쩐지 더 안 좋은 예감이 드는 건 왜일까."

25

카네트 산의 정상까지 가는 길은 험하지 않았다. 오히려 맥시멈을 지나친 이후로는 보라빛 소용돌이도 잠잠해졌고, 초록색 별들도 무더기로 날아다니는 것을 그만두었기 때문에 이겔은 훨씬 수월하게 날 수 있었다. 하지만 바윗덩이와 같은 무거운 공기가 수호인들을 짓누르기 시작했다.

어깨가 부서지는 듯한 아픔을 느낀 바이올렛은 이겔의 부드러운 털을 꽉 쥐며 용케 버텨냈다. 그녀는 한 마디 비명도 지르지 못하고 끙끙댈 뿐이었다. 물론 다른 일행들도 마찬가지였다. 신음하는 수호인들을 태운 이겔의 무지개 색 눈에서도 처량한 눈물이 한 방울씩 떨어졌다. 마지막 관문이라고 할 수 있는 산의 정상까지 얼마 남지 않았을 무렵, 수호인들은 걷잡을 수 없는 불길한 생각 때문에 숨도 못 쉴 지경이었다. 지금까지 넘겨왔던 고비와 위기들이 기억의 샘으로부터 샘솟고 있었다.

"게욱게욱."

이겔의 울음소리였다. 날개 달린 신성한 말이 내는 울음소리치곤 너무나 구슬프고 무거웠다. 그가 뱉어낸 소리는 수호인들의 마음의 불씨를 당기기에 충분했다. 이겔은 서서히 카네트 산 정상에 위치한 넓적한 바위 위에 착지할 준비를 했다.

사뿐히 내려앉은 이겔의 몸에서 풀쩍 뛰어내린 수호인들은 꼭 사람의 주먹만한 검은 물체를 발견했다. 그것은 그들이 그렇게도 두려워했던 킥워드가 봉인된 보석이었다. 이겔이 땅을 박차 오르며 날개를 퍼덕이는 동안 수호인들의 가방 속에 들어 있던 크리스털의 빛이 조금씩 새어나오기 시작했다. 거무죽죽하고 단단한 바윗돌 위에는 수호인 일곱과 킥워드가 봉인된 검은 보석을 이어 주는 일곱 가지 색의 선이 드리워졌다.

"꿀럭— 꿀럭."

일곱 가지 색의 빛이 킥워드가 봉인되어 있는 검은 보석을 비추자 보석은 물컹한 액체가 되었다.

그 검은 국물 같은 것이 켜켜이 쌓이더니 곧 끈적끈적한 액체로 변했고 액체는 점점 단단한 고체로 변하더니 사람의 형상을 띠기 시작했다. 이목구비가 없고 머리통과 팔다리와 몸뚱이의 경계선만이 잘록하게 들어간 기묘한 몸은 킥워드의 것이었다. 그는 수호인들이 서 있는 바위의 끝자락까지 오기 위해 그 물컹한 발을 천천히 옮겼다. 신기한 일이었다. 킥워드의 얼굴은 형체가 없었고, 입도 없었으나 그가 생각하는 것들은 말소리로 바뀌어 수호인들의 머리 속에 전달되었다.

수호인들은 머리가 묵직하게 아파 오는 것을 느꼈다. 그들의

머리 속으로 직접 전달되는 킥워드의 감미롭고 낮은 음성이 그들을 현혹시키기 시작했다. 킥워드의 말소리는 대체적으로 웅얼거리고 있었다. 그의 발음은 부정확했기 때문에 수호인들은 그가 말하고자 하는 것을 전부 이해하진 못했다. 하지만 자꾸 반복되는 두 개의 단어는 수호인들의 귀에 확실하게 들렸다. 그것들은 '부활'과 '크리스털'이었다.

"안 돼. 절대 줄 수 없어."

시비어는 끝내 하고 싶은 말을 하고야 말았다. 그녀의 멍청하게 마비된 머리 속에 킥워드의 한숨소리가 비집고 들어왔다. 킥워드의 크르릉거리는 신음 소리가 계속되자 수호인들은 이마를 감싸며 그만두라고 비명을 질렀다. 하지만 킥워드는 아랑곳하지 않고 검은 국물이 뚝뚝 떨어지는 팔을 휘두른 후 검지를 꼿꼿하게 폈다.

"서로… 서로…"

'서로'라는 단어는 수호인들의 머리 속으로 드문드문 전달되었다. 이제 그들은 더 이상 서 있기조차 힘들 정도로 심한 두통에 시달리고 있었다. 그들은 자칫 떼죽음을 당할까 봐 지팡이를 꺼내기를 머뭇거렸다.

"서로…"

'서로'라는 단어는 반복되었다. 킥워드의 깊은 한숨소리가 이어졌고, 이내 수호인들의 뇌를 흔드는 호탕한 웃음소리가 이어졌다. 킥워드가 검지로 한 명 한 명씩 짚어 나가자 수호인들의 몸은 그가 가리키는 대로 움직였다. 킥워드가 만들고자 했던 것은 동그란 대형이었다. 수호인들이 동그랗게 빙 둘러서서 서로와 마주하는 형태가 되자 킥워드는 얕은 한숨을 내쉬다가 팔을 휘둘렀다.

"철썩!"

갑자기 킥워드의 몸을 이룬 검은 액체가 여기저기 튀면서 바이올렛을 제외한 여섯 명의 수호인들을 적셨다. 끈적끈적한 국물을 뒤집어쓴 수호인들의 눈동자가 팽창하기 시작했다. 그들은 지금까지 꽁꽁 숨겨두었던 지팡이를 꺼내 들었다. 그리고는 자신과 마주 서 있는 사람에게 그것을 겨누었는데, 까만 눈동자가 흰 눈알을 덮어갈 무렵 그들은 마음 밑바닥으로부터 충동적인 살기가 일어나는 것을 느꼈다. 그들은 너나 할 것 없이 서로 공격하기 시작했다. 각자 자기 주인의 폭력적인 주문을 흡수한 지팡이는 춤추는 모양새로 정신없이 다른 동료를 공격했다. 킥워드가 내던진 끈적끈적한 검은 살덩이를 피한 바이올렛만이 필사적으로 그들을 막기 위해 동분서주했다.

"그만둬! 서로 죽이려는 짓은 그만두라고!"

바이올렛은 분주하게 뛰어다니며 목청을 돋웠으나 이미 수호인 일행의 눈자위는 새카맣게 변해 있었다. 바이올렛은 흡사 개눈처럼 변한 그들의 눈을 똑바로 쳐다볼 수 없었다. 킥워드는 손 하나 까딱하지 않고 크리스털을 모두 얻을 수 있게 되었다는 성취감 때문인지 들릴 듯 말 듯한 웃음을 흘렸다.

"에르나이리!"

바이올렛은 두 눈을 질끈 감고 지팡이를 허공에 휘둘렀다. 그녀의 날렵하게 잘 빠진 지팡이로부터 흘러나온 연보라색 연기는 수호인 소녀들을 감쌌다.

"성공한 건가? 성공한 거겠지?"

불안해하던 바이올렛은 눈앞에서 꿈틀거리는 불투명한 가짜 수호인들을 보고 나서야 확신을 가질 수 있었다.

"에르나이리!"

그녀가 빠른 속도로 주문을 읊조리자 보라색 연기로 만든 가짜 수호인 여섯이 만들어졌다. 킥워드에게 사로잡힌 진짜 수호인들은 보라색 연기로 만들어진 가짜들에 대고 정신없이 공격하기 시작했고, 보라색 연기가 말끔히 사라지자 수호인들의 까맣게 풀린 눈은 원래의 모습을 되찾았다. 킥워드의 깊은 한숨소리가 바이올렛의 뇌를 조였다. 그녀는 목구멍까지 차올랐던 말을 차마 내뱉지 못한 채 주저앉았고, 기력을 다한 킥워드의 물컹한 몸뚱이도 천천히 무너져 내리기 시작했다.

"아니, 이 아까운 게! 이 소중한 게! 얘들아 이것들 좀 봐. 물렁해져서 아예 물처럼 쏟아지려고 하잖아."

플럭이 손에 쥔 초록색 크리스털을 보더니 불에 덴 것처럼 화들짝 놀라며 고함을 질렀다. 그의 말처럼 수호인들이 쥐고 있던 크리스털들은 반쯤 녹아 물컹해져 있었다.

"크리스털이 움직이고 있어! 붙잡아!"

프랭크는 자신의 손에서 잽싸게 빠져나간 파란색 크리스털을 붙잡기 위해 몸을 날렸다. 그러나 그가 손 쓸 새도 없이 열 한 개의 크리스털이 반쯤 무너져 내린 킥워드의 잔해에 엉겨 붙자 수호인들은 경악을 금치 못했다.

"이를 어쩐다. 이젠 끝이야."

맥이 풀려 버린 소녀들은 휘청거리며 뒷걸음질쳤다.

그 순간, 불에 지지는 듯한 소리와 함께 킥워드의 잔해에 엉겨 붙은 크리스털들이 바위를 녹여 구멍을 내기 시작했다. 구멍은 빠른 속도로 커져 갔고, 구멍 속에는 오묘한 색을 발하는 회오리가 생겼다. 킥워드와 열한 개의 보석들이 그 회오리 속으로 빨려 들어가자 구멍은 서서히 좁혀져 갔고 수호인들은 뜻밖의 상황에 말문이 막힌 채 그 모습을 숨죽이며 바라보았다.

"이제야말로 끝난 거네. 킥워드는 완전히 없어졌어."

"탁!"

안도의 한숨을 쉬며 울음이 섞인 목소리로 기뻐하던 데이피의 말이 끝나기가 무섭게 좁은 구멍으로부터 킥워드의 끈적거리는 팔이 개구리 혓바닥처럼 쏜살같이 튀어나오면서 바이올렛의 발목을 잡았다. 바이올렛은 입을 앙다물고 버둥거렸으나 수호인들이 그녀에게 달려갔을 때 그녀는 이미 바위에 뚫린 구멍 속으로 빨려들어간 후였다.

킥워드와 바이올렛을 삼킨 바위의 구멍이 완전히 닫히자 멀리서 새하얀 날개를 퍼덕이며 이겔이 날아왔다. 이겔은 그의 쇠처럼 단단한 말발굽으로 바위를 내리쳤다. 우지끈 하는 소리와 함께 넓적한 바위는 산산조각 났다. 바위의 조각들이 카네트 산비탈을 따라 흘러내렸다. 여섯 명의 수호인들은 깨알처럼 부숴진 바위 조각과 함께 질척한 산비탈을 굴러 내려갔다. 돌부리에 몇 번이나 채인 그들은 정신이 아득해짐을 느꼈다.

26

플럭 듀보어가 가장 먼저 의식을 되찾았다. 그는 자신의 몸이 절반이나 백사장에 묻혀 있다는 사실을 깨닫고 모래로부터 빠져 나오기 위해 몸을 비틀었다. 그가 끙끙대는 바람에 두 소녀도 그 소리를 듣고 정신을 차렸다.

그들은 플럭의 도움을 받으며 가까스로 모래에 박힌 몸을 빼내었다. 몇 초간 주위를 돌아보던 두 소녀는 소리 죽여 눈물을 떨구기 시작했다. 하나 둘씩, 예전의 기억들이 되살아나고 있었다. 카네트 산 정상까지 가기 위해 겪었던 일들과 허무하게 무너져 내린 킥워드에 대한 기억들, 그리고 그녀들에게 충격을 가져다준 바이올렛에 대한 기억들까지— 그 기억들이 하나하나 비수같이 두 소녀의 가슴에 꽂혔다. 절망의 깊은 그림자 한가운데에 바이올렛 카글리아의 죽음이 있었다.

"끝까지 함께 할 거라고 믿어 의심치 않았는데……."

위시드 이든의 목소리는 눈물로 얼룩져 있었다. 시비어 플루프도 입을 틀어막고 끅끅거렸다. 온 백사장의 모래가 그들의 하염없는 눈물로 젖는 듯했다. 그들의 서러운 울음은 처음 맞는 이별에 대한 감정이 낯설었기 때문이기도 했고, 누구든 한 명은 죽게 되리라 생각했던 막연한 예상이 들어맞은 끔찍함과 그 운명에 대한 원망 등이 뒤섞인 것이기도 했다. 그때, 빨갛게 상기

된 얼굴을 쳐들어 섬의 풍경을 올려다본 시비어는 너무 놀라 울음을 뚝 그치고 말았다.

"저길 봐! 성이 사라지고 있어."

시비어가 가리킨 위엄스러운 풍채의 '비팀' 성은 그녀의 말대로 눈 녹듯이 흘러내리고 있었다.

"세 마법사가 저 성 안에 있을 텐데……."

위시드가 찢어지는 목소리로 외쳤다. '비팀'에 사는 세 마법사의 행방은 그 누구도 알 수 없는 일이었다. 비단 비팀뿐만 아니라 마법섬의 10여 개의 마을과 수백 개의 건물들까지 모래성 무너지듯 자취를 감추기 시작했고, 급기야 큰 고목부터 하찮은 동식물까지 깡그리 사라지고 있었다. 이제 이 섬에 존재하는 유일한 생명체는 바닷가에 제멋대로 흩어져 있는 여섯 명의 수호인들이 전부였다. 눈물샘조차 말라 버려 입으로만 흐느끼던 위시드는 조용하게 중얼거렸다.

"결국 내가 지금껏 만났던 모든 것들과의 이별이구나."

프랭크가 마른기침을 토해내며 말했다.

"쿨럭쿨럭, 저길 봐! 말도 안 되는 일이 벌어지고 있어."

눈 녹듯이 사라졌던 비팀 성을 비롯한 수십 개의 성들과 마을과 동물이며 식물들이 본래의 모습으로 다시 생겨나고 있었다. 수호인들은 또다시 섬의 재건을 넋 놓고 바라볼 뿐이었다.

그때였다. 순식간에 착착 쌓아 올려진 뒤 예전의 모습을 되찾은 비팀에서 세 마법사들이 수호인들을 향해 달려오기 시작했다. 그 모습을 지켜보던 여자 아이들은 그 자리에 주저앉아 엉엉 울기 시작했다. 드디어 멀리서부터 두 팔을 벌리고 달려온 세 마법사들에게 안긴 수호인들은 그들에게서 한참 동안이나 떨어질 줄 몰랐다. 여자 아이들은 펄키의 품에 안겨 한없이 울었고, 남자 아이들은 피블과 벅찬 포옹을 했다.

수호인들은 자신들이 겪었던 일들을 일일이 말하지 않았지만 세 마법사는 모든 것을 다 안다는 듯 고개를 끄덕이며 격려해 주었다. 여섯 명의 수호인들은 어느새 바이올렛의 기억이 희미해지는 것을 느꼈다.

"안 그래도 탈진한 저애들이 극도의 슬픔까지 느끼면 어떤 일이 생길지 몰라요. 그녀에 대한 기억을 어서 잊는 수밖에……."

피블이 펄키에게 속삭이듯 말했다.

"그러니까 어마어마한 말발굽이 바위를 산산조각 냈던 거죠."

킥워드가 빨려 들어간 바위를 부순 이겔의 말발굽 크기에 대한 이야기를 끝으로 데이피에 의해 장황하게 시작된 모험담이 마무리 지어졌다. 세 마법사들이 차려준 음식을 배불리 먹은 수호인들은 밤이 새도록 웃고 떠들며 마음껏 자유를 즐겼다.

"자, 이제 이 섬을 떠날 시간이야."

피블은 여섯 명의 수호인들을 불러 모은 후, 길쭉한 지팡이를 휘둘렀다. '수호인'이라는 굴레를 벗어 던진 그들은 원래 그들이 있던 자리로 눈 깜짝할 새에 돌아갔다. 그들의 그림자가 완전히 보이지 않을 때까지 손을 흔들어 주던 세 마법사는 축제를 준비하기 위해 비팀으로 총총히 들어갔다.

마법섬의 시리도록 파란 하늘에 쌍무지개가 걸렸다.

에필로그

긴급 속보입니다. 조난된 것으로 파악되었던 소년 소녀들이 모두 무사히 귀환했다는 소식입니다. 코넬 기자 나와 주십시오.

"여기는 카텐베리 섬입니다. 여객선을 타고 섬으로 가던 도중 풍랑을 만나 조난된 승객들 중 실종자 명단에 올랐던 6명의 소년 소녀들이 바로 이곳 카텐베리 섬에서 발견되었습니다. 구조된 6명의 소년 소녀들의 현재 건강 상태는 그리 좋은 편은 아니지만 전원 모두 큰 상처는 없습니다. 또한 간단한 질문에도 답할 수 있는 기력이 있다고 합니다. 아직 구체적인 사항이 드러나지 않았으므로 잠시 후에 연결을 해야 할 것 같습니다. 현장에서 자크 코넬이었습니다."

"다행입니다. 실종되었던 6명의 소년 소녀들은 스카우트 캠프에 참가하기 위해 배에 탑승했었다지요?"

"예. 그렇습니다. 많은 분들이 안타까워하시고 애타게 학생들의 구조 소식을 기다렸는데 말이죠. 이렇게 무사한 모습으로 발견되

어서 정말 다행입니다. 바로 이것이 실종 당시 자료로 쓰였던 캠프 참가자 명단입니다. 외모적 특징이 상세하게 기록되어 있어서 많은 도움을 기대했었지만 사실 별다른 도움을 주진 못했죠."

· *시비어 플루프*
· *위시드 이든*
· *데이피 듀보어*
· *플럭 듀보어*
· *프랭크 페커드*
· *필리코니스 브룩*

구조선에 몸을 실은 두 소녀와 네 명의 소년들은 식사시간을 틈타 그들을 둘러싼 취재진들을 피해 뱃머리에서 모이기로 약속했다. 정확히 저녁 7시에 모인 그들은 서로를 말없이 물끄러미 바라보다가 동시에 시원한 웃음을 터뜨렸다.

위시드와 시비어는 멀어져 가는 카텐베리 섬을 배경으로 한 사진을 연방 찍어대기 시작했고, 듀보어 형제는 색깔이 입혀진 초콜릿을 보고 무지개 색 크리스털이 연상된다며 시끄럽게 떠들었으며, 프랭크는 뱃머리까지 쫓아온 극성스런 기자 자크 코넬을 상대해 주면서 고상을 떨고 있었다. 그러나 필리코니스 브룩은 의연한 표정으로 뱃머리의 모퉁이에 구겨 앉아 자신을 간호해준 의사로부터 억지로 빼앗다시피 한 빛바랜 노트의 첫 장을 채우기 시작했다.

에필로그

우리들은 세상이 모르는 그들을 만날 수 있었고, 세상이 모르는 그곳에 갈 수 있었다. 뒤를 돌아보라! 누구나 한번쯤 소망해 본 적 있는 동화 속 주인공이 되는 달콤한 꿈이 어느새 성큼 뒤쫓아 오고 있을지도 모른다. 뒤돌아 손만 뻗으면 움켜질 수 있는 환상의 이야기들은 어디에나 있으므로, 아무도 가본 적이 없지만 누구나 갈 수 있는 그곳— 행복한 마법섬에 대한 이야기는 미완이다.

끝-☆